文庫

文庫オリジナル／長編青春ミステリー

向日葵《ひまわり》色《いろ》のフリーウェイ

赤川次郎

KOBUNSHA

光 文 社

『向日葵《ひまわり》色《いろ》のフリーウェイ』目次

●主な登場人物のプロフィールと、これまでの歩み

第一作『若草色《わかくさいろ》のポシェット』以来、登場人物たちは、一年一作の刊行ペースと同じく、一年ずつリアルタイムで年齢を重ねてきました。

杉原爽香《すぎはらさやか》……五十歳。中学三年生の時、同級生が殺される事件に巻き込まれて以来、様々な事件に遭遇。大学を卒業した半年後、殺人事件の容疑者として追われていた明男《あきお》を無実と信じてかくまうが、真犯人であることを知り自首させる。二十七歳の時、明男と結婚。三十六歳で、長女・珠実《たまみ》を出産。仕事では、高齢者用ケアマンション〈Pハウス〉から、**田端将夫《たばたまさお》**が社長を務める〈G興産〉に移り、老人ホーム〈レインボー・ハウス〉を手掛けた。その他にもカルチャースクール再建、都市開発プロジェクトなど、様々な事業に取り組む。

杉原明男……旧姓・丹羽《にわ》。中学、高校、大学を通じて爽香と同級生だった。大学時代に大学教授夫人を殺《あや》めて服役。その後〈N運送〉の勤務を経て、現在は小学校のスクールバスの運転手を務める。

杉原珠実……爽香が三十六歳の時に出産した、明男との娘。中学二年生。

久保坂《くぼさか》あやめ……〈G興産〉の社員で、爽香をきめ細かにサポートする頼もしい部下。画壇の重鎮である夫・**堀口豊**《ほりぐちゆたか》とは六十歳ちがい。入籍はしていない。

杉原　涼《りょう》……爽香の甥《おい》。兄・**充夫**《みつお》（故人）の長男。二十八歳。フリーカメラマン。妻はS大学の同期生・岩元《いわもと》なごみ。

岩元なごみ……涼の妻。写真配信サービス会社勤務。最近、娘・**杏里**《あんり》を出産。

杉原　瞳《ひとみ》……爽香の姪《めい》。兄・充夫（故人）の次女。

栗崎英子《くりさきひでこ》……往年の大スター女優。九十二歳。〈Pハウス〉に入居した際、爽香と知り合う。そののち、映画界に復帰。

河村布子《かわむらきぬこ》……爽香の中学時代の恩師。現在、〈M女子学院〉高等部教務主任。

河村爽子《さわこ》……天才ヴァイオリニスト。爽香と旧知の刑事・河村**太郎**《たろう》（故人）と・布子の娘。

松下《まつした》……元々は借金の取り立て屋だったが、現在は〈消息屋〉を名乗り、世の中の裏事情に精通する男。爽香のことを絶えず気にかけており、事あるごとに救いの手を差し伸べる。

——杉原爽香、五十歳の夏

1　挨拶

「やあ、諸君！

本日は、私、堀口豊《ほりぐちゆたか》の葬儀においでいただいて、ありがとう。私との別れを、心から惜しもうと出席してくれた人も、義理で仕方なくやって来た人もいるだろう。

いずれにしても、一人一人の人生の中の貴重な時間を使ってくれたのだから、お礼を申し上げる。話は短く切り上げよう。

私は、自分でも驚いたことに、丸々一世紀を生きて来た。そして、ほとんど最期《さいご》の日まで、好きな絵を描いて過した。

これ以上の恵まれた人生を、私は望まない。しかも、その上に人生の終りまでを見届けてくれた伴侶まで得ることができた。

あやめ、ありがとう。

百年の間に出会った、すばらしい友人たちに、深く感謝したい。

後は、私の描いた数々の絵が、人々の心を潤し、幸せにしてくれることを望むだけだ。

諸君の健康を祈る。――では」

会場の大きなスクリーンに映し出されていた堀口豊のビデオメッセージが終ると、会場は再び明るくなった。

そして集まった人々から拍手が、ごく自然に湧《わ》き上って来た。

「――全くね」

と、栗崎英子《くりさきひでこ》が言った。「人を置き去りにして行っちゃって」

「仕方ありませんよ。栗崎様はまだお若いんですもの」

と、杉原爽香《すぎはらさやか》が言うと、英子はにらんで、

「九十過ぎた人間に、そんなこと言うの？」

「事実です」

「あなたも五十歳ね。でも、堀口さんのやっと半分」

「私、百歳まではとても……」

そこへ、黒のスーツの久保坂《くぼさか》あやめがやって来た。

「栗崎様、今日はありがとうございます」

友人としてスピーチをしたのである。

「羨《うらやま》しい人生だったわ、ご主人様は」

「そうですね」

と、あやめは微笑《ほほえ》んで、「でき過ぎてますよね。アトリエで絵筆を持ったまま息を引き取るなんて。他の画家の方たちから、『ずるい！』と苦情が」

「よく分るわ。でも、いい奥さんがそばにいたから、何の心配もなくお別れできたのよ」

「恐縮です」

爽香が会場の中のステージへ目をやって、

「爽子《さわこ》ちゃんだわ」

と言った。

河村《かわむら》爽子がヴァイオリンを手に、ステージに上った。傍に置かれたグランドピアノに向うのは、いつも爽子と組んでいる並木真由子《なみきまゆこ》だ。

短い挨拶の後、爽子は、

「堀口さんに捧げる曲は、クライスラーの〈愛の哀《かな》しみ〉と〈愛の歓《よろこ》び〉です」

と言った。

――ホテルの宴会場を借りた告別式は、限られた人数で行われていた。

あやめは今年四十歳。夫とは六十違いだったが、互いを尊重するいい夫婦だった。

〈G興産〉での仕事で爽香を支えるあやめは、夫が亡くなっても、ほとんど休みを取っていなかった。

爽子のヴァイオリンの柔らかな音が会場に広がって行く。

爽香は、参列者の間に、夫の明男《あきお》と娘の珠実《たまみ》の姿を見付けて、ちょっと手を振った。

メッセージには間に合ったのだろうか。

立食形式といっても、そう人は多くない。明男と珠実は静かに爽香たちの方へやって来た。

夫・明男は爽香と同い年の五十歳。一人っ子の珠実は、もう中学二年生だ。このところ背が伸びて、母親をずっと超えていた。

明男は、あやめに会釈《えしゃく》すると、

「メッセージ、見られました」

と、小声で言った。

「お父さん、泣いてた」

と、珠実が言ったので、明男は渋い顔になったが、否定はしなかった。

クライスラーの〈愛の歓び〉が、明るく華やかに終ると、会場は拍手に包まれた。

「〈愛の哀しみ〉の後に〈愛の歓び〉っていうのがいいわね。湿っぽくならなくって」

と、栗崎英子が言った。

「主人の希望です」

と、あやめは言った。「爽子ちゃんも『それがいいですね』って」

「私のときも頼むわよ」

と、英子が言ったが、周囲は本気にしていない。

「チーフ」

と、あやめが言った。「明日、明後日《あさって》は休ませていただきます」

「もちろんよ！　堀口さんの後のことも大変でしょ」

大画家だっただけに、遺《のこ》した財産だけでなく、アトリエにある絵の数は一体どれくらいなのか、見当もつかない。

ともかく、堀口豊の遺作となれば、一枚ごとに何億の値がつく。

「私は楽です。妻といっても……」

夫の死後にもめるのを嫌って、入籍していない「事実婚」だった。

「一つ困ってるんです」

と、あやめは言った。

「どうしたの？」

「堀口は、あの屋敷を私に、と言ってくれて」

「それが堀口さんのお気持なら……」

と、爽香は言った。

「ええ。私も、あの人との思い出の残る家ですから……。それに、ご家族や親族の方たちも、賛成してくれているので」

「それなら問題ないでしょ」

と、英子が言った。「税金のことや何かは、弁護士さんに任せれば」

「そうなんですけど……。あの広い家に私一人で住むのかと思うと……」

「あ、そうか」

普通の「家」ではない。もちろん、むだにぜいたくな作りになってはいないが、それでも「大邸宅」には違いない。

「お掃除するだけでも大変」

と、あやめはため息をついた。「銀行の人が大勢やって来て、『記念館をお造りになっては』と勧めるんですけど、あの人はそういうものはいらない、と言ってたんです」

「でも、沢山の作品が――」

「親族の方たちが、そういうものを建てるとおっしゃるなら、それは私の口出しすることじゃないので。でも、私はずっと〈G興産〉でチーフと働きたいんです」

「ありがとう」

爽香は、あやめの手を取って言った。「私も、あなたなしじゃ、やっていけないわ」

しかし、二人でしみじみと語り合う時間はなかった。

次々に、画家仲間や美術評論家などが、あやめに挨拶しにやって来たのである。

「会の後で」

と、あやめは爽香に小声で言うと、「堀口豊の妻」に戻って、一人一人と挨拶することになった。

あやめの前にたちまち人の列ができて、当分はかかりそうだった。

「――大変だね」

と、その様子を眺めていた珠実が言った。「私、あんまり偉い人と結婚しないようにしよう」


来たのは間違いだった。

――〈受付〉のテーブルの前に立って、早くも彼はそう思っていた。

実際、〈受付〉に立っている二人の女性はおしゃべりをしていて、なかなか彼に気付かなかったので、後何秒かその状態が続いていたら、彼は踵《きびす》を返してその場から立ち去っていただろう。

しかし、話に夢中になっている二人の内で聞き役に回っていた方の女性が、彼に気付いて、

「いらっしゃい！」

と、まるで魚屋か何かみたいな声をかけて来たのだ。「お名前は？」

ちょっと間があったのは、彼がその女性を「本当に魚屋の娘だった」と思い出していたからだった。

「あの……」

と、けげんな表情で顔を見られて、彼はあわてて言った。

「ああ――〈くさか〉です。〈くさかくにや〉」

「〈くさか〉？」

テーブルに置かれた名簿をボールペンで追ったのは、よくしゃべる方の女性で、「〈くさ〉……〈くさ〉……。そんな名前、ないけど」

彼はちょっと息をついて、

「〈日の下〉って書くんだ。〈日の下〉で〈日下《くさか》〉」

「ああ！　そうだったわね」

と、もう一人の女性が思い出したように、「ほら、これよ！　〈日下邦弥《くにや》〉」

「これ？　〈くさか〉って読むんだ」

「そうよ。一年間同じクラスだったんだよ」

「でも、忘れちゃってる。――一万円です」

日下邦弥は、上着の内ポケットから札入れを取り出して、一万円札を抜いた。

「領収証、必要ですか？」

と訊《き》かれて、ちょっと迷ったが、向うはもう〈金一万円也《なり》〉の記入のある領収証を差し出して、

「宛名は自分で記入して下さいね」

「分りました」

日下は領収証を二つに折ってポケットへ入れると、会場の中へ入ろうとした。

「あ、これ――」

と、呼び止められて、「自分の名前、記入して、胸ポケットに入れて下さい」

細長いカードで、上着の胸ポケットに差すと、ちょうど名前が上に出る。ボールペンを借りて、〈日下邦弥〉と記入すると、胸ポケットに差して、やっと会場に足を踏み入れた。

会場の入口の傍に〈K高等学校第20期生同窓会〉の表示があった。〈20期生〉か。

卒業から二十年――いや、二十四年になるのだ。今、四十二歳。日下邦弥は充分人生に疲れていた。

――俺は透明人間だったのか？

冗談でも、そう思わなければ、日下は己れの存在感がいかに希薄かを説明できなかった。

いくらワインに興味がなくても、かなり安物としか思えない白ワインのグラスを手に、結構な人数でにぎわっている立食パーティの会場を歩きながら、日下は誰からも声をかけられないことに、半ばがっかりし、半ばホッとしていた。

そこここに人の輪ができて、特に女性たちは、高校生のころに負けない甲高い笑い声を上げていた。

女性は女性だけ、男たちは男だけで固まっている。そして、同窓生はおそらく二百人近くいただろうが、高校の三年間で同じクラスになった面々にしても、一目見て、誰なのか分る者はほとんどいなかった。

「――お互いさまか」

と、日下は呟《つぶや》いた。

向うも気付かない。こっちも気付かない。

いっそ、このままパーティの終りまで行ってしまったら、笑えるというものだ。すると、そこへ、

「みんな静かに！」

という声が、マイクを通して会場に響き渡った。「我ら、〈20期生〉にとって、忘れてはならない恩人と言うべき、先生方をお招きしています！　どうぞ壇上に！」

あれは、確かクラス委員だった――いや、三年生のときは生徒会長もつとめていた男

だ。何といったか、思い出せないが……。

ああして、すぐ「仕切りたがる」ところはちっとも変らない。

そして、壇上に少し照れくさそうに四人の先生たちが並んだ。拍手が起る。

しかし、日下は、ワイングラスを持ったままだったせいもあるが、拍手しなかった。

すでに定年になった人もいたし、かつて若々しかったのに——当り前のことながら——すっかり老け込んで生気の失われた人もいる。

そして、一人だけ女性が端の方に控え目に立っていた。——誰だろう？

白髪の小柄なその老婦人を見て、日下はちょっと首をかしげた。あんな先生がいただろうか？

「そして、もうお一人、誰もが一度や二度はお世話になった、保健室の小川久子《おがわひさこ》先生です」

それを聞いて、日下は息を呑《の》むと同時に、二、三歩後ずさった。顔がカッと熱くなる。

保健室で、いつも白さのまぶしい白衣を着て、たいてい立って何かしていた先生。

——日下は、しばしば保健室のお世話になった。

緊張すると胃が痛くなって、じっと座っていられなくなるのだ。常連の日下のことも、小川先生はからかったり、呆《あき》れたりするでもなく、ていねいに診てくれた……。

あの先生が、すっかり年齢《とし》を取って、何だか縮んだみたいに見えた。

「おばあちゃんだね、すっかり」

という女性の声が耳に入った。

「苦労したんじゃない？」

「そうだよね」

その会話が気になった。――小川先生に何があったのか？

話しかけて、どういうことか訊いてみるだけの度胸もなかった。

そのとき、

「日下君？」

という女性の声がして、戸惑った。振り向くと、

「――日下君でしょ。ね？」

スーツ姿の、落ちついた雰囲気の女性が、ワイングラスを手に立っていた。

「あの……ええと……」

と、ちょっと口ごもって、「日下ですが……」

「忘れた？　そうよね。水科《みずしな》玲美《れみ》。二年生のとき、一緒だったでしょ」

日下はしばらく黙っていた。――まさか、彼女に会おうとは！

「ほら、一緒に保健委員やったじゃない」

「憶《おぼ》えてますよ、水科さん。ええ、もちろんです」

「いやだ」

と、水科玲美は笑って、「クラスメイトでしょ。他人みたいな口きかないで」

「ごめん」

と、日下もやっと笑顔になって、「びっくりしてね。誰だか分らない奴《やつ》ばっかりで。よく僕のことが分ったね」

水科玲美は、壇上の人たちの方へ目をやって、

「よく来たわね、小川先生」

と言った。

2　遠い日

「お疲れさまでした」

「ご苦労さま」

「じゃ、また……」

会議室を出る面々の挨拶も、お互いに相手をねぎらう言葉が多かった。

誰もが、本業の教師として、山ほど仕事を抱えているのだ。このまま、真直《まつす》ぐ帰宅できる人はほとんどいないだろう。みんなそれぞれ自分の学校へ戻って、机の上のやり残した仕事を夜遅くまでかかって片付けるのだ。

そんな中、河村布子《きぬこ》は珍しくラッキーな一人だった。――とはいえ、少しも暇なわけではない。

むしろ、担任を持っている教員と比べて外へ出る仕事が多い分、忙しいとも言える。

〈M女子学院〉の高等部教務主任の職は大変だが、やっと能率よくこなせるようになった。娘の爽子はヴァイオリニストとして、世界を駆け回っているし、息子の達郎《たつろう》は大学に残って地道な研究者の生活だ。

夫を亡くしている布子は、だから帰って夕食の仕度《したく》をする、といった用事がない。たいていはどこか慣れた店で外食。

健康には気を付けている。教え子に、杉原爽香と親しい浜田今日子《はまだきょうこ》という医者がいるので、何かあると相談に乗ってもらっていた。

「――今夜はどうしようかしら」

と、布子は呟いた。

外での会合は、こういう教育関係の施設を借りることが多い。ホテルなどでは、会場費だけで、ここの三倍はする。

ただ、安い代りに、食事できる所はほとんどなくて、味も期待できなかった。

「あら……。同窓会ね」

ここでは一番広い宴会場で、開け放した扉の中からは、にぎやかな声が聞えて来る。

建物の正面玄関へ出ようと、ロビーを横切って行くと、くたびれたソファに、白髪の女性が座っていた。

あの〈同窓会〉の会場からひと息入れに出て来たのだろう。

その人の前を通りかかると、何となく目が合った。布子は小さく会釈した。相手も肯《うなず》くように――。

布子は、そのまま玄関の方へ向ったが——。

ふと、足が止った。

「え……。もしかして……」

と、呟きが洩《も》れる。

振り返ると、あの白髪の女性は、疲れた様子で、それでも会場に戻ろうとするのか、ソファからゆっくり立ち上るところだった。
二、三歩戻って、
「失礼ですが」

と、声をかけていた。「小川先生では?」

ちょっと目を見開いて布子を見る。その表情に見覚えがあった。

「やっぱり。——小川久子先生ですね」

と、布子は懐しさを声に出して言った。

「あなたは……」

と、相手は思い出そうと、目を細くしてじっと布子を見つめている。

「お忘れですよね。以前、研修で先生に保健担当の仕事について教えていただいた、〈M女子学院〉の安西《あんざい》布子という者です」

と、旧姓で名のると、

「ああ！」

と、小川久子はホッとしたように、「憶えていますよ。研修の期間中、講義が終る度に私を呼び止めて質問していた方ね」

「その節は失礼しました」

と、布子はつい笑ってしまった。

「良かった。もし生徒さんだったらどうしようと思って。保健室に来ていた生徒さんを忘れてしまっていたら、もう……。でも、先生だったのですね」

「まだなりたての二十代でした。先生はそこの同窓会に？」

「ええ。担任でもなかったのに、幹事の子が出席する先生が少ないので、ぜひ出て下さいと言って来て。――もちろん、どの子も憶えていますが、保健室によく通ったなんて、あまりいい思い出じゃないでしょうからね。パーティに出ても疲れるばかりで……」

と、小川久子は苦笑して、「そろそろ失礼しようかと思っていました」

「小川先生」

布子は思い付いて、「よろしければ、食事をご一緒にいかがですか？　これから一人で夕食をとるんですけど、もしご都合がつくようなら……」

「私？　それは別に……。一向に構いませんが」

「じゃ、ここを出て、近くのホテルに行きましょう。高級店でなくても、悪くない料理を出すお店を知っています」

布子の声は知らず知らず、少し若返っているようだった。

「じゃ、本当に何も知らないの、小川先生のこと？」

と、水科玲美に言われて、日下は何とも言い返せなかった。

「卒業した後のことなんか、関心ないからね」

と、日下は肩をすくめた。

「でも――」

と言いかけた水科玲美は、他の男から声をかけられ、「すぐ行くわ。――ごめんね、日下君、中途半端で。この会の後、誰かと約束してる？」

「いや、僕を誘おうなんて物好きはいないよ」

玲美はちょっと笑って、

「じゃ、パーティの後で。ロビーにいて」

と言うと、かつての人気者は、今も大勢の元学生に囲まれた。

「――玲美」

と、日下は呟いた。

遠い昔の思い出。――むろん忘れてはいなかったし、一目見てすぐに彼女だと分った。

でも、本当に？　どうして彼女が俺のことなんか、憶えていたんだろう？

しかも、親しげに話しかけて来た。このパーティの後で会おうとまで……。

「よせよせ」

と、首を振って、「期待なんかするもんじゃない」

期待を裏切られることに関しては、日下はベテランだった……。

しかし――少なくとも今日に限っては、日下は裏切られなかったのである。

パーティが終って、会場を出た日下は、言われた通り、ロビーにいた。

少し待たされはしたが、本当に彼女はやって来た。

「ごめんね！　また会おうって人が何人もいて」

「君は人気者だったからな」

と、日下は言った。

「私？　ちっとも。話しかけてはくれるけど、付合った人なんかいなかった」

「みんな諦めてたんだよ。どうせ俺なんかじゃ相手にしてくれない、って」

「誤解もいいところ。でも、今さらそんなこと言ってもね。時間がもったいないわ。どこかで話しましょ」

二人は表に出て、タクシーを拾った。

「よく行くお店があるの。食事もできる」

と、玲美が言った。

「君……いいのか、寄り道したりして」

と、日下は訊いた。

「どうして？　子供じゃあるまいし」

「だけど……」

日下は、玲美の左手のリングへ目をやった。

「——ああ、これ？　誘われるのが面倒でしてるのよ。結婚はしたけど、五年ともたずに別れて、それきり」

「へえ」

「日下君は？　ご家族いるの？」

日下はちょっと肩をすくめて、

「その内、出会いが、と思ってる間に、この年齢さ」

「じゃ、独り？　結構いたわね、今日の同窓会にも」

「そう？　じゃ、君は一応水科でいいのか」

「玲美でいいわよ」

「そう……。まあ、どうでもいいけど……。小川先生のことって、何だったんだい？よく出席した、とか言ってたけど」

「あなた、知らないのね。小川先生、私たちが卒業した翌年に、学校を辞めたの。辞めさせられた、って言うべきでしょうね」

「あの先生が？　どうして？」

当惑していた。学校側にとって、小川久子に何のまずいことがあったというのか。

「小川先生、妊娠したのよ」

と、玲美は言った。


「そんなことが……」

布子の、食事していた手が止った。

向いの席の小川久子は、食事の手は止めなかったが、目を伏せて、

「油断したのね」

と言った。「もう四十になってたし、まさか一度くらいで妊娠するとは思わなかった」

そして、ちょっと笑みを浮かべると、

「お話にならないわね。保健の授業で、女の子たちに、さんざん気を付けてって言って聞かせてたくせに」

布子は何とも言えず、黙って肯いただけで食事を続けた。

その後はどうしたのか、もちろん訊きたかったが、話してくれるかどうか……。

しかし、小川久子は続けて、

「学校を辞めても、しばらくは貯金で食べていけた。——女の子だったの」

「そうですか」

布子はちょっとホッとした。「今は……」

「事情があって、別に暮してるけど。今、二十三になったところよ。智子《ともこ》というの、この字でね」

と、指でテーブルに〈智〉の字を書く。

「じゃ——先生は今、お一人で？」

「ええ。もちろん、智子の父親は家庭のある人で、そのとき会ったきりだから、娘がいることも知らないでしょう」

「先生はそれで良かったんですか？」

「自分の子ですもの。もちろん、育児は大変だった。昔からお付合のあった小学校で働けることになったのは幸運だったわ」

ちょうど食事も最後のフルーツが出て来て、話題が変る機会になった。

「あのヴァイオリニストの河村爽子さんがあなたの娘さんなのね！　すばらしいじゃない。何度かコンサートにも行ってるわ」

と、久子は微笑んで言った。

「ありがとうございます。どっちに似ても音楽の才能なんかなさそうですけど。ともかく本人が好きで」

「そして、ちゃんと一流のところまで行ってるんだから立派ね。今、おいくつ？」

「娘ですか？　今年三十です。まだ独り者で、忙しくて恋をしてる暇なんかない、って言ってますけど。下に息子が。大学に残って研究者になろうとしています」

「そしてあなたは〈M女子〉の教務主任？　本当、貫禄《かんろく》があるわ」

「太っただけです。主人が亡くなったので、こうして外食するのがほとんどで」

フルーツを食べながら、布子は、

「周囲の人に恵まれたんです、私。娘の爽子っていう名は、教え子だった杉原爽香っていう子がいて、その名前から一文字もらったんです。よくできた子で。もう五十ですから、『子』はおかしいですね」

聞いていた久子が、ちょっと考え込むようにして、

「杉原って言いました？　その名前、どこかで……」

「あ……。もしかしたら〈リン・山崎《やまざき》〉の美術展の――」

「そう。入口の絵ね。何か色々いわれのある絵だと聞いたけど」

「大変な女性なんですよ。中学生の女の子がいるんですけど、『お母さんって、よく生きのびてるね』って言ってます」

言いながら、布子はつい笑ってしまった。「亡くなった主人が警察官だったせいもありますけど」

――久子はお茶のお替りをもらうと、ゆっくりと飲んで、

「河村さん、あなたにこんなお話をしてもご迷惑だと思うんですけど……」

と言いかけて、口ごもる。

「何のお話でしょう？」

「娘のこと。智子のことです」

「お嬢さんが何か……」

「智子は今、刑務所にいます」

と、久子は真直ぐに布子を見て言った。「でも、あの子は無実なんです！　絶対にやっていないんです」

布子は、久子の別人のように力のこもった言葉に、しばらく何も言えなかった。

3 誤 解

そら来た。

日下は、ウイスキーのグラスを傾けながら、水科玲美が、

「日下君、今は何してるの?」

と訊いて来たとき、思った。

いつか、この質問が来ると思ってたんだ。

「僕か? 僕は『倉庫番』だよ」

と、日下邦弥は答えた。

水科玲美はちょっと眉を寄せて、

「倉庫番?」

と訊き返した。

日下にとっては、かなりぜいたくなレストランでの食事の間、何気ない世間話をしていても、玲美は日下のことを、どうも誤解しているようだった。――もちろん、「一流

企業の管理職」という誤解のままで別れてしまえるのなら、それでも良かったが、こうしてバーのカウンターで並んでいるとなると、やはり……。

「倉庫と物流の会社なんだ。〈B倉庫〉って名でね、そこの管理課長をやってる」

少し、見栄を張った。正しくは「課長補佐」だった。

「へえ。私、そういう世界にはうといけど、物流って、今は凄《すご》く伸びてるんでしょ?」

「まあ、大手はね。うちはそこまで行かないよ。お役所の、堅い仕事が多いんだ」

「いいじゃないの! 今は堅実なのが一番よ」

まんざらお世辞でもなさそうで、日下はホッとした。

詳しく言えば、創業は一つの倉庫から始まって、〈B倉庫〉は今、物流での商売がメインである。日下が倉庫の管理にいるということは、この先、出世の見込みはないということだった。

しかし、そこまで玲美に説明することもあるまい。

玲美はグラスを空けると、

「もう一杯」

と注文して、「私が何してるか、訊かないの?」

「いや……君はもともと優秀だったからね」

「でも、今はただの中年女よ」

「そんなこと……。今もきれいだ。若々しいね」

素直な本音なので、スラスラと言葉が出た。

「ありがとう」

玲美は微笑んで、「でも今は失業中よ。親に頼って、何とか暮してるけど」

「そう……。僕は頼れる親がなくてね」

彼女の言葉を、その通り受け取っていいものか、日下には分らなかった。

それというのも、二人で食事をしたフランス料理のレストランも、このホテルの中のバーも、日下が支払った（バーはこれからだが）。日下にとっては、まず自分で選ぶことのない高級店で、正直、クレジットカードを出すときにドキドキしたくらいだ。しかし、水科玲美の方は、といえば、どちらでも、一向に気後れするではなく、全く身構えるところがなかった。

それに、女性のお洒落《しやれ》やブランドに詳しくない日下でも、今玲美の着ているスーツも、ハンドバッグも、一目で分る一流の品だったのである。

失業中で、「親に頼って」やっと暮しているとは、とても見えない。

「週末はいつもどうしてるの？」

と、玲美が訊いた。

「どうって……。たいてい家でゴロゴロしてるよ」

と、日下は言って、二杯目を頼んだ。

「旅行しない？」

――まさか！　彼女がこんなことを言い出すとは。

「――君と？」

と、馬鹿げたことを言ってしまった。

「ええ。二人で。――いやなら無理しなくていいのよ」

「そんなことないけど……。君はいいのか？」

「でなかったら誘わないわよ」

「そりゃそう……だよな」

一体どうなってるんだ？　これは、昔よくTVでやった「ドッキリカメラ」ってやつだろうか？　美女の誘いに、つい乗ってしまって、後から、

「冗談よ」

と笑われる……。

しかし、日下のことを騙《だま》して誰が喜ぶだろう。そうだ。これは現実の話なんだ。

「もちろんいいよ。今度の週末でも？」

さりげなく言った――つもりだった。精一杯。

しかし、日下の表情にはどう隠しようもなく、緊張の色が浮んでいた。

「いいわよ」

玲美はアッサリと言った。「どこに行く?」


「河村先生」

誰の声かも考えず、河村布子は、

「後にして!」

と、手で追い払うようにして言った。「今、それどころじゃないの!」

高等部の教務主任という忙しい立場だけでなく、布子は本来の教師として大変だった。

生徒たちとの直接の触れ合いを大事にするために、昼休みもほとんど潰れた。

「でも、先生……」

そう言われて、やっと布子は顔を上げ、

「ああ、沢井《さわい》さんだったの。ごめんなさい。生徒かと思って」

「河村先生、私、もう四十代ですよ」

と、沢井依子《よりこ》は苦笑した。「お世辞じゃないですよね」

「だって、あなたの声が若いから」

と、布子は言って、「何かご用?」

沢井依子は、この〈M女子学院〉の校長、名倉荘一《なぐらそういち》の秘書である。

「校長がお呼びです」

「そう。――今すぐ？」

「できれば」

さすがに校長の呼出しを後回しにはできない。布子はメモ用紙に手早く、昼休みに来ることになっている生徒あてのメモを書きつけて、立ち上った。

校長室のドアをノックして、沢井依子が、

「失礼します。――河村先生です」

布子は軽く会釈して、中へ入った。

「お呼びで――」

と言いかけて、言葉を切った。

いつもなら、正面の大きな机の向うにいる名倉校長が、応接セットのソファにかけていたのだ。しかも一人ではなく、隣のソファには、やや派手過ぎる色合のスーツ姿の女性が座っていた。

もちろん、布子もよく知っている。〈M女子学院〉の理事長、中田妙子《なかたたえこ》だ。たっぷりとした横幅の体つき、紫色に染めた髪がいやでも目立つ。

「河村先生、かけて下さい」

と、名倉校長が言った。

「失礼します」

何事だろう？　――校長と理事長が揃《そろ》って会うとは、普通ではない。

このところ、大きな問題は起きていないはずだが。

「河村先生は昼休みも忙しいんでしたね」

と、名倉が言った。

「生徒がよく相談に来ますので」

「信頼されているんでしょう。結構なことです」

「微妙な時期の女の子たちですから、女性の教師の方が話しやすいでしょう」

と、布子は言った。

「ところで、河村先生の耳にも入っているかと思いますが、私は肝臓を悪くしていましてね」

そう言われて、布子は初めて名倉の顔色が悪いことに気付いた。

「そうですか。今、お聞きするまで知りませんでした。お大事になさって下さい」

「知らなかった？　そうですか。いや、実はもう『大事にする』レベルの話ではなくて、あとせいぜい半年と言われています」

やせ型で、もともとあまり健康的には見えない名倉だったが、淡々と言われたその言葉はショックだった。

「それは……何と申し上げていいか……」

布子も夫を五十代で亡くしている。具合の悪い当人にどう言ったところで、慰めにはならないことも分っている。

「そういうわけで、残りの半年を、校長の雑務に追われたくない。気持は分ってもらえますね」

「はい、もちろんです」

「そこで、あなたに校長の職をお任せしたい」

布子は混乱した。

「――私が？　校長になれとおっしゃるんですか？」

想像もしない話だった。〈M女子学院〉の〈校長〉は、小学部、中等部、高等部のすべてを兼ねている。

今、高等部の教務主任ではあるが、校長のポストに就くべき順序の人間は何人もいた。

「ここは歴史ある女子校です」

と、名倉は言った。「その校長に、今まで女性が一人もなっていなかった。これは今の時代では不自然なことです。私は前から次の校長は女性に、と思っていました。それにふさわしい人は一人しかいない、とも」

「はあ……」

前もって、そんな気配でもあったのならともかく、あまりに突然のことで、布子はどう答えたものか、分らなかった。

いや、名倉が重病だということは、噂になっていたらしいが、そういう話をする機会がほとんどない布子にとっては寝耳に水だったわけで、もしかすると、「次期校長に」という噂もあったのかもしれない。

「やっていただけますね」

と、名倉が念を押した。

「あの……」

と言いかけた布子は、名倉の視線を受け止めて気付いた。

これは、布子が答えを選べる状況ではないのだ。——覚悟を決めなければいけないだろう。ただ、

「私は教師です」

と、布子は言った。「校長が教壇に立つことは許されますか」

「不可能ではありませんね。河村先生の気持はよく分っています。しかし、校長は何日も先の予定を立てるのが難しい立場です。定期的に授業を受け持つのは……」

「そうでしょうね」

分ってはいたが、それでも言っておかずにいられなかったのだ。そして、もう一つ、

気になっていたのは――。

「この場に理事長さんがおられるのは、理事会としても校長と同じご意向だと思ってよろしいのでしょうか」

と、布子は中田妙子の方へ言った。

名倉が、

「もちろん、そのために中田さんにおいでいただいています」

と、即座に言った。

しかし、中田妙子は一口お茶を飲んで、

「河村先生もお察しでしょうが、今回の件については、理事の内、理事長以下数名のみの会合で了承しました。全体の理事会を開く、時間的な余裕がなかったので」

と言った。「全理事に通知したところ、何人かの方からご意見が届きました。まあ――はっきり言って、反対という方もありました。でも、その方々には、名倉先生が直接お電話するなどして、了解していただきました。ですから、理事会も河村先生を校長に迎えることに同意しています」

理事の中には、祖母、母、孫と〈M女子〉に通っていた人もいる。「事前に自分の了解も取らないで」と考えていてもおかしくない。しかし、少なくとも中田妙子など理事会の中心メンバーが承知しているのなら、表だって苦情は来ないだろう。

「分りました」

と、布子は言った。「お引き受けします。ともかく、力を尽くして、名倉先生のお気持を裏切らないようにいたします」

「ありがとう」

名倉が穏やかに微笑んだ。

「私、ちょっとこの後、行く所があるので」

と、中田妙子がバッグを手にして立ち上った。

「お忙しいところ、どうも」

名倉が立って見送る。そして、少しホッとした様子で腰をおろすと、

「三十分以内に、ほとんどの生徒の家に話が広まっているでしょうな」

と、皮肉っぽく言った。「初めての女性校長というので、あれこれ言う人はいるでしょうが、気にすることはありません。今までいなかった方が不自然です」

「それは私も同感です。でも、まさか自分が……」

「あなたは、何より生徒たちの信頼が篤《あつ》い。私はまずそれを思ったんです」

「恐れ入ります。でも――それは諸刃《もろは》の刃《やいば》ですね」

「確かに。生徒たちには、できるだけ学校生活を楽しんでほしい。しかし、父母会には、『子供たちを好き勝手にさせておいては、ろくなことにならない』と信じている人が少

なからずいます。先生が板挟みになることも――」

「覚悟はしています。でも、そこは何でも前例に合せるのでなく、自分なりのやり方で挑戦したいと思っていますが」

「それで結構」

と、名倉は肯いて、「この学校の変化を、おそらく見届けられないのが残念です」

「そうおっしゃらずに。余命なんて、誰にもはっきりしたことは分らないのでしょう？ぜひゆっくり体をお休めになって下さい」

「それで――。今後の具体的なことです。一日、二日の内には、全生徒の家庭へメールを送って、この人事を公表します。ですから、別に秘密にしておかれる必要はありません」

「ありがとうございます。家族にも黙っているということになったら、呼吸困難になりそうですから」

と、布子は言った。

4 事故

「さよなら！」

「はい、さよなら」

杉原明男は、スクールバスを降りて行く男の子に、ちょっと手を振って見せた。

「ありがとうございました」

迎えに来ていた母親が、明男に会釈した。

「どうも」

扉が閉り、明男はバスを出した。

下校のルートを、ほぼ八割方回っていた。

バスにはあと三人の子が乗っている。——毎回、基本的には同じルートを回っているのだが、だからといって、気を緩めるわけにはいかない。

家によっては、母親でなく、お手伝いさんが迎えに来ることもあり、明男はちゃんと顔を憶えている。

万が一にも、子供たちに危険が及ぶことは許されない。もちろん、これまでそんなことはなかったし、明男も信頼されている。

「雨かな……」

辺りが急に暗くなって来た。降り出すかもしれない。

子供を迎えに出て来ている親にも、呑気《のんき》な人がいるので、もし降り出して、傘がなかったら、貸してあげられるように、ビニール傘が何本か用意してあった。

「――またか」

少し前から、バスの少し前を走っているバンがあって、気になっていた。

スクールバスは何度も停車するから、普通の車なら、先に行ってしまうはずだが、そのバンは妙にゆっくり走っているのだ。

問題はないだろうが……。明男は赤信号で、そのバンとの間が詰ったとき、スマホでバンのナンバーを撮った。

信号が青になっても、そのバンは停《とま》ったままだった。明男はクラクションを短く鳴らした。

バンがゆっくりと動き出す。――居眠り運転なのか？

バックミラーへ目をやって、ちょっとまずいと思った。大型のトラックが後ろに迫って来ている。先を急いでいるだろう。

案の定、トラックがせかすようにクラクションを鳴らした。

こっちだって急ぎたいんだ！　しかし、目の前のバンはノロノロと走って、しかも小さく左右へ蛇行し始めた。

これは普通じゃない。——明男は、もし前のバンが急停止でもしたら危険だ、と思った。

よし、トラックを先に行かせよう。それから、何度かクラクションを鳴らして、バンに停止するように促す。

子供たちを怖がらせてはいけない。明男は、マイクに向って、

「ちょっとブーブー鳴らすけど、何でもないから、心配しないでね」

と言って、車を道の端へ寄せ、スピードを落とした。

とたんに、後ろのトラックはスクールバスを追い抜いて行った。かなり急いでいたのだろう。追い越して行くとき、ドライバーがチラッと明男の方をにらんでいるのが見えた。

スクールバスでなかったら、おそらくもっと早く強引に追い越していただろう。

そのまま行けば、当然前のバンも追い越したはずだ。しかし——正にそのとき、バンがフラッと風にでも押されたかのように、右側へ出た。

トラックのドライバーは、スクールバスの前のバンのことなど気付いていなかった。

ブレーキを踏む間もなかった。

明男はブレーキを力一杯踏んだ。スクールバスが急停止して、子供たちが、

「ワッ！」

と、声を上げた。

トラックが、バンをはね飛ばすのが見えた。バンは一回転して路面に横倒しになった。ガラスが飛び散るのが見えた。

しかし、トラックは停らなかった。ブレーキは踏んだのだろうが、横倒しになったバンへと激突したのだ。

明男は一瞬愕然《がくぜん》としたが、子供たちが何ともないことを確認すると、

「じっとして！　そのまま座ってて！」

と指示しながら、スマホを手にして、一一〇番した。

冷静だった。――通報すると、後続の車がちゃんと間隔を空けて停っているのを見てホッとした。玉突き事故は避けられたのだ。

前方へ目をやって、明男は息を呑んだ。

横倒しになったバンから流れ出たガソリンが炎を上げ始めた。

「座ってるんだよ！」

明男は子供たちにそう言って、バスを降りた。

割れたフロントガラスから手が救いを求めるように突き出ている。明男はバンへ向って走った。

「アンリちゃん、ご機嫌はどうかな？」

爽香はベビーベッドの中で、手足を元気よく動かしている赤ん坊に話しかけながら、指先で、ふっくら柔らかな頬《ほ》っぺをつついた。

「よく寝るんですよ、この子」

と、なごみが言った。「おかげで、こっちは寝不足にならなくて助かります」

「一番の親孝行だ。ね、アンリちゃん」

母、真江《まさえ》が、

「爽香、コーヒーいれたよ」

「うん。でも、すぐ出るから。仕事中だからね」

——爽香の実家に、家族が増えた。

もちろん、一人は涼《りょう》と結婚したなごみ。そして、年明けに生まれた女の赤ちゃんである。

名は「杏里《あんり》」。カタカナの「アンリ」に漢字を当てた、ということらしい。カメラマンの涼が、尊敬する有名なカメラマン、アンリ・カルティエ＝ブレッソンの名をもらったのだ。

「せっかくだから……」

母のいれてくれたコーヒーを飲んで、爽香は、「涼ちゃん、忙しそうで良かったね」と言った。

「ロンドンの写真展が評判良くて」

と、なごみが言った。「向うの雑誌から仕事も入ってるんです」

「結構ね。でも、焦らない方がいいわ」

「ええ。私、手厳しいですから。涼君の写真を見て、『一体、何を撮って来たの？』って言ってやるんです」

「怖いわね」

と、爽香は笑って言った。

「涼君は、自分が本当に撮りたいものが何なのか、まだ分ってないんです。もちろん、時間をかけて捜して行けばいいんですけど」

もちろん、生活していくだけの収入は必要だ。その一方で、自分の人生をかけて追求するものを見付けなければならない。

「涼ちゃん、今日は？」

「小学校に行ってます。友達が先生で、卒業アルバムのためのスナップを頼まれて」

「子供を撮るのって難しいでしょう。あ、ごめんなさい」

爽香のケータイが鳴ったのである。

「――はい、杉原です。――え？」

明男がスクールバスを運転している小学校からだ。

「事故ですか？　それって――。あ、すみません。今、主人から」

明男からの着信に出ると、

「爽香、何か聞いたか？」

「今、学校から――」

「そうか。大丈夫なんだ。目の前で事故があったが、スクールバスは無事だった」

「良かった！　寿命が縮んだわ」

と、爽香は息をついた。

「ただ、事故を起した車から人を助け出したんで、スクールバスの回る時間が遅れた。その辺のことは説明してあるけどな」

「分ったわ。あなたはけがしなかったの？」

「ちょっと――手に火傷《やけど》したけど、大したことない。一応病院で手当してもらうよ」

「ちゃんと診てもらってね！」

爽香の話を心配げに聞いていた真江となごみは、詳しい話に安堵《あんど》した。

「今年も、ご夫婦で大冒険ですか?」

と、なごみに言われて、

「冗談じゃない!」

と、つい大声を出してしまう爽香だった。

「あ、そうだ」

明男の勤める小学校からかかっていたのだった。爽香が折り返すと、

「先ほどは失礼しました」

と、向うが恐縮している。

「いえ、今主人から電話で――」

「ええ、そうなんです。迎えに来られた母親から、バスが遅いので、心配して学校に問い合せて来たんですが、すぐ後に、杉原君が三人の児童の母親へ直接連絡したそうです」

「そうでしたか。でも、親ごさんは心配ですよね。何でもなくて何よりでした」

スクールバスのドライバーとしては、まず預かっている子供たちに責任がある。といって、目の前の事故を無視はできない。

明男のことだ。迷っただろうが、学校からは信頼されている。多少バスが遅れても人を助けたのだろう。

「——車の事故は怖いわね」

と、真江が言った。「自分がどんなに用心していても、他の車が居眠りでもしたら、避けようがないものね」

「うん。ちょっと火傷したとか言ってたから、車が燃えたのかしらね」

少々のことでは驚かない爽香だった。


「遅くなって申し訳ありません」

最後の子をバスから降ろして、明男は迎えに来ていた母親に謝った。

「いいえ、大きな事故だったんでしょ？　手を——大丈夫ですか？」

取りあえずハンカチを手に巻きつけていた。

「これから病院に寄ります」

それを聞いた女の子が、

「パパに治してもらって」

と言った。

「そうですよ！　すぐそこですから。手当させますわ」

その子の家は、ちょっと目をみはるほどの大きな病院だった。——明男は、バスを病院の駐車場に停めて、診てもらうことにした。

父親の院長は外出していたが、他に何人も専門の医師がいて、外科へ案内された。

「火傷と切り傷ですね」

まだ三十そこそこと見える女性の医師が、消毒して、

「車の事故だったんですか？」

と訊いた。「ガソリンが付いてますね。危かったんでしょう」

ていねいに傷を消毒してもらい、明男は恐縮した。事故の状況を話して、

「燃えたバンを運転していたのは、若い女の人でした。何とか外へ引張り出して、救急車に任せましたが……」

「居眠り運転ですか？」

「それにしては、クラクションを鳴らしても役に立ちませんでしたが」

と、明男は言った。「見たところでは、半分意識を失ってる様子でした」

「まあ、怖い。大事故ですね」

「そのバンが燃えたのと、ぶつかったトラックのドライバーがショック状態だったようです。――やあ、すみません」

「いえ。でも、一応、二、三日中に、もう一度診てもらって下さい」

と、その女性医師は言った。

「そうします」

明男は院長夫人である母親に礼を言って、スクールバスで学校へ戻った。

「――ご苦労さまでした」

学校の事務の女性が、バスを降りた明男の方へやって来て、「お待ちの方が」

「僕を？」

「警察の人です」

「分りました」

三十代半ばかと見える内田《うちだ》という刑事が、ソファから立ち上った。

「病院で手当してもらっていたので、遅くなって」

「いや、そんなことは。――事故については、トラックのドライバーから詳しく聞いています。燃えたバンのことですが……」

「ええ、その前から様子がおかしくて」

明男は事故までの状況を説明した。

「分りました」

と、内田刑事は肯いて、「学校の方からも話を聞きました。とても落ちついて行動されましたね」

「バスに乗せた三人の生徒さんたちのことを第一に――」

「もちろんです。燃えている車から、女性を助け出されたのは勇敢なことでした」

「ちょうどフロントガラスが失《な》くなっていたので、スペースはあったんです」

「それで——そのときに、その女性は何か言いませんでしたか？」

と、内田刑事に訊かれて、明男はちょっと当惑した。

「特に何も……。もともと半分意識がなかったんじゃないでしょうか。加えて衝突のショックが……」

「そうですか」

「刑事さん、あの事故に何か……」

「病院の方から、あの女性が薬物中毒の状態だったらしいと連絡がありましてね」

「薬物？　そうですか。そんな状態で車の運転をしていたとは。——改めてゾッとしますね」

「全くです。——失礼」

内田のケータイが鳴った。そして、話を聞いていたが……。

「——病院からです。救急車で運ばれた女性は亡くなったそうです」

「死んだ？　しかし……」

「事故の傷のせいではなく、薬物のせいで心臓をやられたようです」

と、内田は首を振って、「これは殺人事件ですね」

明男は、また爽香が嘆くだろうと思った……。

5　胡蝶蘭

玄関を入ったとたん、河村布子は、

「何、これ！」

と、声を上げた。

広いとは言えない玄関に、足の踏み場もないくらい、花の鉢がいくつも置かれていたのだ。しかも——そのすべてが胡蝶蘭《こちょうらん》！

「——お帰り」

と、息子の達郎《たつろう》が出て来た。

「達郎、あなた……。このお花を……」

「いや、ちょっと母さんに話があって、夕方来たんだけど、玄関で靴を脱がない内に、

『フラワーショップです！』

と玄関の外で声がしたんだ。伝票にサインして、そこへ置くと、玄関をロックするより早く、二つ目が来て……。後は、次から次へと。——ここの他に、リビングに三つあ

る」

「どうなってるの！」

と、布子は呆然《ぼうぜん》とした。

「札が立ってるじゃない。母さん、〈校長〉になったの」

「え？　まあ……仕方なく、ね」

布子は玄関を上ると、「花の香りで、むせるようね。私、こういうの苦手なの。ね、鉢をベランダか外に出してよ」

「しかし、凄いね！　今、お祝いには胡蝶蘭って聞くけど、これほどとはね！」

「呑気なこと言ってないで、庭か玄関の外に運んで」

〈祝・校長ご就任〉の札が、一斉にこっちを眺めているかのようで、布子はいささか気が滅入《めい》った。

着替えていると、ケータイに爽子からかかって来た。

「お母さん？　校長だって？　おめでとう」

「どうしてそんなこと知ってるの？」

と、呆れて訊くと、

「ファンの人で、〈M女子〉の学生さんがいるの。メールが回ってるそうよ」

「そうか……。ともかく、そういうことなのよ。そう『おめでたい』話じゃないんだけどね」

布子はため息をついて、「爽子、今日はどこだっけ？」

「真由子と箱根の音楽祭よ。本番はあと一つ、明日の昼間だから、夜には帰るわ」

「じゃ、そのとき、ゆっくり話すわ。でも、『おめでとう』と言われたら、『ありがとう』って返さなきゃね」

それじゃ、と切って、布子はリビングに入って行った。

「達郎、夕ご飯は食べたの？」

と訊くと、

「ああ……。今、こしらえてる」

「え？」

炒《いた》めものの匂いがして、台所から、ふっくらした丸顔の女の子がヒョイと出て来て、

「すみません。お台所、勝手に使っちゃって」

と言った。

「いえ……。別に」

布子は面食らってそう言ったが、「――達郎」

「同じ研究室の、宮園祥子《みやぞのしょうこ》」

と、達郎が言った。「二年下なんだ」

「そう……」

胡蝶蘭でびっくりしたと思ったら……。今日はやたらとびっくりする日だわ。

「もうすぐできます」

と、台所の彼女が言った。

「達郎、何よ、ソファでのんびりして。手伝いなさい。いつも自分でやってるんでしょ」

「え？　――ああ、そうだね」

「お母さんは軽く食べて来たけど、もし私の分もあるようなら、いただくわ」

「はい。そのつもりで」

と、宮園祥子は嬉《うれ》しそうに言った。

「茶碗《ちゃわん》出すよ」

と、達郎が立って行く。

布子は手を出さないことにした。

達郎は二十六歳だ。一人暮しでめったに家へ帰って来ないので、彼女ができたとしても気付かなかったろう。

「あ、もう少し大きめのお皿が」

「これでいいか？」

「ええ、ちょうどいいわ」

ダイニングのテーブルに、せっせと茶碗や小皿を並べている達郎は、なかなか似合っていた。


「殺人事件?」

と言ったのは、珠実だった。

「冗談じゃないわ」

と、爽香は顔をしかめた。「一切、係《かかわ》らないでちょうだい」

「もちろん分ってるよ!」

と、明男が急いで言って、ご飯を喉に詰まらせ、目を白黒させた。

夜九時。——少し遅めの夕飯だが、珠実も中学二年生。そう早くは寝なくなったので、爽香が早めに帰れるときは、できるだけ三人で一緒に夕食をとるようにしている。

「でも、事故に巻き込まれなくて良かったわ」

と、爽香は息をついた。「もう一杯、食べる?」

「それじゃ、軽く」

と、明男がご飯茶碗を差し出す。「まだ若い女だった。見たところ二十代だろう」

「直接事故で亡くなったわけじゃないのね」

「うん。車から引張り出したときは、そうひどいけがをしてるようには見えなかった。病院に運んでから、急に悪くなったらしい」

「怖いわね。でも、薬物で意識が朦朧《もうろう》としてる状態で運転してたなんて、大事故でも起しかねなかったわね」

「確かにな。スクールバスを運転してるんでなかったら、もっと早く停止させてやれたかもしれない」

「仕方ないわよ。でも火傷の手当までしてもらって良かったね」

「ケータイだ。何だろう?」

明男は立って行って、自分のケータイが鳴っているのを手に取った。

「——杉原です。——ああ、どうも。——そうですか、それは良かった。——は?」

学校へやって来た内田という刑事からだった。

「矢川弓子《やがわゆみこ》という名だと分りました」

死んだ女性のことだった。トラックのドライバーは何とかショック状態から立ち直ったそうで、明男もホッとしたのだったが。

「矢川弓子、二十八歳です」

「気の毒でしたね」

するとと内田刑事が、

「心当りはありませんか」

と言ったのである。

明男は当惑して、

「心当りというと……。あの女性に、ですか？」

「そうです。会ったことがあるとか——」

「いえ、全く。だって、たまたま車で前後を走っていただけですよ」

「はあ、そうですか。車から助け出したとき、彼女は何か言いませんでしたか」

「いえ、特に何も。もちろん痛くて呻《うめ》いてはいましたが」

「救急車が来るまで、そばにおられたんですね」

「ええ。トラックの方を見に行ったりはしてましたけど」

「救急車に運び込まれるまでに、何か話は？」

「あの女性とですか？　とてもそんな余裕は……」

「そうですか。それは残念でした」

と言うと、内田刑事は、「では、またご連絡することがあるかもしれません」

「はあ」

「失礼しました」

通話が切れて、明男が食卓に戻ると、珠実が、

「お父さん、誰から？」

と訊いた。

「うん、事故のことで、病院の人からだ」

明男はコロッケをはしで割って、「今日のコロッケは、カリッと揚ってて旨《うま》いな」

「そう？」

爽香には、今の電話の内容の見当がついた。明男の話し方、口調の変化。

相手は刑事だろう。そして、こんな時間にかけて来たのは、明男のことを調べていて、前科があることを知ったのだ。

こいつは何かあるに違いない！——刑事が目を輝かせているさまが目に浮ぶようだった。

明男にも、爽香が察していることが分っていた。

「何十年たっても、だな」

と、明男は言った。

珠実は、明男が何のことを言っているのか分らなくて、何か言いたげだったが、両親がなぜか無口になったのに気付いて、黙っていた。

「——今度は私だ」

爽香のケータイが鳴り出したのである。

「何だ、爽子ちゃんだ。——もしもし」

「爽子です。お母さんから連絡行きました？」

「布子先生から？　いいえ、何も」

「自分からは言わないと思った。あのね、今度〈M女子〉の校長になるの」

「校長先生？　それは大したことね」

爽香も、河村布子とは長い付合いで、〈M女子学院〉の校長がどういうものか知っている。

「励ましてあげて。爽香さんのエールが、一番効く」

「それはあなたのヴァイオリンが一番よ。まあ、何かと大変でしょうけど、内輪でお祝いの会をしましょうよ」

「爽香さんから言ってやって。私が言っても、うんとは言わない」

「分ったわ。でも、もっと忙しくなるでしょうね」

「たぶんね。人任せにしておけない性質《たち》だし」

爽香も、〈G興産〉の中では、独立したチームのトップにいるので、よく分る。下にどれだけ任せることができるかに、責任者の腕がかかっている。

新人だったころのことを、いつまでも憶えていられる者は少ない。任されて、失敗して、成長するのだが、長く勤めていると、「自分は初めから何でもできた」と思ってしまうのだ。

「じゃ、先生にかけてみるわ」

明男も珠実も、爽香の言葉で当然察していて、

「布子先生、校長か？　凄いな。あそこの校長は小中高と、全部だろ？」

「ええ。ご本人は大変でしょうけど、一応、お祝いの電話を――」

と、爽香がケータイから発信すると、珠実が駆けて来て、

「私が言う！」

「え？　そう？　それじゃ、杉原家を代表してね」

「うん！」

布子が出て、

「爽香さん？」

「杉原珠実です！　杉原家を代表して、お祝い申し上げます！」

力強い珠実の声に、向うでも笑い声が上った。

「――ありがとう、珠実ちゃん！　凄く嬉しいわ」

「先生、主人からも」

「ありがとう！」

ビデオ通話に切りかえて、しばらく互いにやりとりが続いた。少し重苦しかった食卓

も、すっかり雲が晴れたようだ。

「ちょうど達郎が帰ってるの」

「あら」

「爽香さん、ごぶさたしてます」

「どうも。まだ大学に泊ったりしてます」

「最近はちょっと——」

と言うと、画面が揺れて、女性の声で、

「え？　だって……恥ずかしい……」

「達郎君？」

「僕の彼女です。宮園祥子」

顔を赤く染めた女の子がおずおずと覗《のぞ》くようにして、

「あの……よろしくお願いします」

と言った。

「びっくりしたでしょ？」

と、布子が替って、「学校でびっくりして、家へ帰ってびっくりして……。今日は何かの記念日だったかしら」

「今度ゆっくり紹介して下さい」

と、爽香は言って、「爽子ちゃん、明日帰るんですね？　じゃ、明日の夜にまた連絡します」

やっと通話を切ると、

「さ、食事をすませてしまいましょ」

と、爽香は言った。

「おやすみなさい！」

元気な声が、もう廊下の先から聞こえて来た。

「おやすみ！」

と、爽香が言ったのは聞こえていたかどうか。

十一時を回っていた。すると、爽香のケータイに着信があって、

「布子先生。――いえ、まだ起きてます。何か？」

「ごめんなさいね。さっきは話しにくくて」

と、布子は言った。

「何でしょう？」

「あなたに迷惑はかけたくないんだけど、ちょっと相談にのってほしいことがあるの」

「どういうことですか？」

「実は、たまたま、昔知っていた保健の先生とお会いしてね。全くの偶然なの」

「はあ」

布子は、小川久子のことを説明して、

「その娘さんの智子さんという人が、今刑務所に服役してるそうなの。二十三歳ってことだった」

「その——智子さんが何をしたんですか?」

少し間があって、布子が言った。

「殺人罪だそうなの」

このまま、一日が終ると思っていたのが甘かった! ——爽香はソファに座り直して、

「聞かせて下さい」

と言った。

6　蜘蛛の巣

「ね、今度はハワイに行ってみない？」

冗談かと思って、日下は水科玲美の顔を見た。「のんびりしてていいわよ。何も考えないで、ビーチで寝転んでるの」

本気なのだ。――一瞬、日下の顔がこわばったが、すぐに笑顔を作って、

「悪くないね」

と言った。「ただ、仕事があるしね。うまく休みが取れるといいんだが」

「二日や三日、大丈夫でしょ？　今は休暇もちゃんと取らないとお役所に叱られるって聞いたわ」

「まあね……」

日下もさすがに大分慣れた、高級フレンチの店。コース料理が一人何万円もして、ワインもスーパーで売っているものとは桁が違う。

「いいワインね。さすがに一流店だわ」

「うん……」

日下は、まだ夢見心地だった。高校時代、憧れだったあの水科玲美が、今自分のものなのだ。

初めての週末の旅行から、玲美は日下と一緒に部屋の風呂に入り、上ってバスタオルで体を拭くと、そのままベッドに入った。

まるで「第二の青春」が訪れたような気分だった。玲美の体は四十二歳の熟した魅力に満ちていた。

しかし——気分は夢のようでも、日下の懐具合は現実だった。

正直、一人暮しの日下は、ほとんど貯金などしていなかった。クレジットカードの支払いも、危いところまで来ていた。

だが、今さら「金がないんだ」とは言えない。玲美に会えなくなる、と思うだけで胸苦しくなる。

ハワイ？　いくらかかるだろう。

いや、どう考えても無理だ。せいぜい二、三日の休みしか取れない、ということにして、どこか国内の温泉にでも——。

「お金のことね」

と、ワイングラスを空にして、玲美が言った。

日下はちょっとたじろいで、

「いや――別にそういうわけじゃ……」

「分ってるわ。私だって、勤めたことがあるもの。サラリーマンのお給料でできることとできないことぐらい、知ってる」

「玲美……。君のためなら、どんな仕事だってするよ。だが、今の仕事だけで、時間的に手一杯だ」

「やめて」

玲美は手を伸して、テーブルの上の日下の手に重ねた。「ごめんなさい。私、ずいぶんあなたに無理をさせてたのね。あなたが何でも許してくれるから、つい甘えてしまって。――許してね」

「玲美、僕の方こそ。――こんな風に君と付合っていられるような身じゃないんだ。どんなにありがたいと思っているか……」

「あなた……。本当に高校生のころから、私のことを」

「もちろんさ。だけど、優等生でも、スマートでもなかった僕は、ただ君を遠くから眺めてるしかなかったんだ。でも、その君が今……」

日下は声を詰らせた。玲美は両手で日下の左手をしっかり挟んで、

「嬉しいわ。私、あなたのただの遊び相手じゃないのね」

「もちろんだ。――もっと早く正直になるべきだったよ。僕は会社で大した地位にいるわけじゃない。たぶん――これ以上、出世もしないだろう。君の願いを叶《かな》えてあげるだけの力は……」

「私が察してあげなきゃいけなかったのにね。――わがままだったわ。ごめんなさい」

「玲美、君は……」

絶句して、日下は涙ぐんでいた。

「さあ、せっかくのデザートよ。味わいましょう」

と、玲美は明るい笑顔になって言った。

「ああ、そうだね」

息をついて、日下はデザートナイフを手に取った。

コーヒーを一口飲んで、玲美はバッグを手に席を立った。

日下は一人、コーヒーを飲んで、今夜の支払いぐらいは大丈夫だろうと考えていた。

しかし、この後、もしホテルに泊るとなると……。

少しして、店のマネージャーがやって来た。

「支払いをするよ」

と、日下がカードを取り出そうとすると、

「お連れ様が払って行かれました」

「払って行った？」

「先に帰るとおっしゃって」

少し間があって、日下は、

「――そうか」

と肯いた。「ありがとう」

俺に愛想が尽きたんだな。今夜の食事代だけは払って、それが別れの合図ということか……。

「当り前だよな」

と、日下は呟くと、立ち上った。

「いつもありがとうございます。またどうぞ」

マネージャーの言葉を背に、レストランを出る。

もう二度と来ないと思うよ、と心の中で返事をする。

「夢を見てたんだ……」

胸の辺りが、空っぽになったようで、飲んだワインの酔いはたちまち霧のように消えて行った。

――自分のアパートが、地の涯《は》てのように遠かった。そして、やっと辿り着くと……。

「君……。何してるんだ？」

玄関のドアの前に、玲美が立っていたのだ。

「ごめんなさい。あなたを置いて出てしまって」

と、玲美は言った。「これ以上私と会ってると、あなたをだめにしてしまう。――だから、もう二度と会わないことにしたの。でも――」

玲美は日下の方へ歩み寄って、

「あなたを失うと思うと、辛《つら》くてたまらないの！　いつの間にか、ここへ来てしまった」

と言うと、日下にしっかりしがみつくように抱きついて来た。

「玲美……。君はいいのか、僕なんかで」

「もうそんなこと、口にしないで」

と、玲美は首を振って、「あなたの部屋、片付いてる？」

片付いていなかった。しかし、廊下に玲美を待たせてはおけない。

「じゃあ――ホテルに行こうか」

「それがいいわ。二人のお財布があれば、一泊ぐらいできるわね」

二人は通りへ出て、タクシーを停めた。

「いつもすみません」

と、爽香は言った。

「なに、こっちは商売だ」

と言ったのは、行方の分らない人間を捜し出すのを仕事にしている〈消息屋〉の松下《まつした》である。

色々、事件を通して付合いが長く、深くなってしまっている。「困ったときの松下頼み」というわけだ。

「旨いコーヒーが飲めるから、楽しみさ」

と、松下が言うと、〈ラ・ボエーム〉のマスターは、ニッコリ笑って見せた。

「コーヒー代だけですませたりしませんよ」

「何か分ってからでいい。〈小川智子〉だな」

「殺人を認めているそうですが」

爽香の言葉に、松下はちょっとメモする手を止めて、

「認めているのか。それは厄介だな」

「分っています。でも、母親は絶対に娘が犯人ではないと」

「親ならそう言いたくなるだろう」

「ですが、河村布子先生のお話では、ただ感情的になってそう言うような人ではないと。

——一応調べてみてもらえますか」

「分った。まだ二十三ということは、それほど前の事件ではないな」

「布子先生から聞いたことをこちらに」

と、爽香はメモを渡した。

「分った」

松下はチラッとメモを見ただけでポケットにしまうと、「まず、先入観を持たずに当ってみよう。だが、もし犯人でなくて、罪を認めているとすると、調べて却《かえ》って恨まれるかもしれんぞ」

「承知しています。ただ――布子先生の人を見る目は確かですし、警察は自白が取れればろくに捜査しないこともありますから」

「そうだな」

と、松下は肯いて、コーヒーを飲み干すと、「少しぬるくなり過ぎた。もう一杯もらえるか」

「かしこまりました」

マスターの増田《ますだ》がカウンターの中で、手早く豆を挽《ひ》いた。すると、

「何かあったのか」

と、松下が訊いた。

「何か、というと……」

「今、警察の話をするとき、表情が変ったぞ。どうした」

「老眼にしては鋭いですね」

と、爽香が苦笑して、「明男がちょっと……」

「どうかしたのか」

爽香は、明男がたまたま出くわした車の事故のことを話した。担当した刑事が、明男を疑っているらしいこと……。

「ただの事故じゃないんだな」

「それで、明男に……。全くの偶然なんですけど」

「どこにでも、そういう手柄を立てたがる奴がいる。薬物絡みか」

「もちろん、明男の勤めている学校は、明男の前科のことも承知していますから、刑事の話だけで解雇はしないでしょうが、父母の中には、何も知らない人も……。噂が広まるとどうなるか分りません」

「あり得ることだな」

と、松下は肯いて、「まあ、何かあったら言ってくれ」

「ありがとうございます。そう一から十まで松下さんのお世話にはなれません」

と、爽香は言った。「あ、会議の時間が。私、お先に」

「ああ、俺は二杯目をゆっくり味わって行く」

「では、よろしく」

爽香はマスターへ、「私につけておいて」

と言うと、足早に〈ラ・ボエーム〉を出て行った。


それが「その人」だと分るのに、しばらくかかった。

向うが気付いて手を振ってくれなかったら、杉原瞳《ひとみ》はまだ何秒か立ちつくしていたことだろう。

ああ、やっぱり！　――瞳は足早にティールームの奥のテーブルへと向った。

「お久しぶりです」

と、瞳はまずていねいに挨拶した。

「そうね。でも――あれから三年？　元気そうね」

「愛《あい》さんも」

三ツ橋《みつはし》愛はちょっと笑って、

「元気は元気だけど、すっかりおばさんになったでしょ？」

と言った。

「そんな……」

と言いかけて、瞳は、「でも、とっても普通に元気そうですよ。以前よりずっと。私、何言ってるんだろ」

ミルクティーを頼んで、瞳は水を一口飲んだ。——杉原瞳。爽香の姪である。

「いいの。分るわ。私——結婚したの」

と、愛は言った。

「え？——それはおめでとうございます」

少し戸惑いながら、瞳は言った。

人気シンガーだった三ツ橋愛は、瞳の「初恋の人」だった。同性しか愛せない瞳に、愛し合う喜びと官能を教えてくれたのは、同じ同性愛者だった三ツ橋愛だったのだ。

「あの……」

「遠慮しないで。結婚相手は男の人。私、男の人とも一緒にいて楽しいってことに気付いたの」

「そうですか」

「ね。——迷惑かしら、呼び出したりして」

「どうしてですか？」

「だって……あの後、私のことも週刊誌に出ちゃったし」

ドラッグの使用で、何人かのスターや、スタッフが逮捕された。そのとき、三ツ橋愛も事情を訊かれ、それが週刊誌やスポーツ紙で記事になった。

依存症にまでなっていなかった愛は、不起訴になったが、芸能活動はしばらく中断せざるを得なかった。そして三年近い月日が流れていたのだ。

「迷惑だなんて……。愛さん、とても私のこと、気をつかってくれたじゃありませんか」

「ありがとう。そう言ってくれると……」

愛はちょっと涙ぐんでいた。「ずっと不安だったの。あなたが私を見て、『二度と連絡して来ないで下さい！』って言って、帰っちゃうところを何度も想像して」

「愛さん……。何か私で役に立てることがあるんですか？」

愛の口もとに、ホッとした笑みが浮んだ……。


「何か言ったかい？」

ベッドの中で、日下は言った。半分眠っていたのだ。

「ええ」

と、玲美は日下にすり寄って、「ちょっと言ってみたの。興味がなきゃいいのよ」

「何だい？」

「あなた……ちょっとした副業、やってみる気はない？」

7 残暑

「二学期はただでさえ大変なの」

と、河村布子は言った。「学校行事が沢山あってね」

「そうですね」

と、爽香は肯いた。

「もちろん、秋の体育祭や文化祭は、もう具体的に動いてるから、それを引き継ぐわけだけど、色んな事情で、急に変更しなきゃならないこともあってね」

ランチを食べながら、布子はそう言って、「ごめんなさい。あなたにグチを言っても仕方ないのにね」

「いくらでも聞きます」

と、爽香は言った。「部下の苦情を聞くのが、管理職の仕事ですから」

「そういう管理職は珍しいわよ」

と、布子は微笑んで、「つい、苦情を言うばかりの管理職になってしまいがちだわ」

「先生なら大丈夫ですよ」

「自分のことは分らないものだわ。私がおかしくなったと思ったら、そう言ってね」

「昔からそうして来ましたから」

「あなたには本当に助けられて来たわ。――初めて校長の椅子に腰かけたとき、何だか自分が偉くなったような気になって、だめだめ、って自分に言い聞かせた」

「でも、責任は重くなるでしょう」

「そうなのよね。――見直さなくちゃ。校長がいちいち決めなくてもいいような、雑用に近いことがいくらでもあるの。現場の先生たちに任せればすむこと。でも、それが先生たちの負担を増やすことにもなるでしょ」

と、布子は首を振って、「問題は、それ以前に、見直しをする時間が取れないことなの。それで、つい先送りしてしまう」

「秘書の方は？」

「沢井依子さんって、前校長を支えてた優秀な人がいるの。でも、言われたこと、決ったことを完璧にこなすだけで……」

「その人に、できる仕事を任せたらどうですか。もちろん、初めは戸惑うでしょうけど、やってみれば……」

「そうね。一度、食事でもしながら、ゆっくり話してみるわ」

食事を終えてコーヒーを飲みながら、

「それで、先日のお話なんですけど」

と、爽香は言った。

「そうだったわね。ごめんなさい。こっちの話ばかりして」

布子もコーヒーを飲んで、「あなたも忙しいのに、悪いわね」

「例の松下さんにお願いして、調べてもらいました。小川先生の娘さんのこと」

「ネット検索より正確ね」

と、布子は言った。「あなたに押し付けてしまって、本当に……」

「いえ、それはいいんですけど。事件は北関東の方の小さな町で起ったようで、東京ではあまりニュースにならなかったらしいんです。特に、小川智子さんがすぐに罪を認めてしまったので」

「事件そのものは二年前だったわね」

「ええ。智子さんが罪を認めて、控訴もしなかったので、懲役六年が確定したんです」

「どんな事情だったのかしら」

「松下さんが、事件のあった町へ出かけて行って調べてくれています。何か分ったら、ご連絡します」

「ありがとう。私も、小川先生のあの必死な口調を聞かなければ、そこまで……」

爽香のケータイが鳴った。

「噂をすれば、松下さんです。ちょっと失礼して」

爽香は席を立って、「――もしもし、ちょっと待って下さい」

レストランの表に出ると、

「すみません。今、ちょうど河村先生と話をしていたところで……。え？」

爽香が、ちょっと目を見開いた。

「聞いてるか？」

と、松下が言った。

「ええ、ちゃんと。それ、確かですか」

松下がいい加減なことを言わないのは、誰よりも爽香がよく知っている。念を押すというより、驚きをしずめるためのひと言だった。

「間違いない」

と、松下は言った。「小川智子には女の子がいた。事件のときはまだ一歳。今、三歳になったところだ」

「小川久子先生のメモには何も……」

「その先生と娘はずっと離れて暮してたわけだ。孫がいたことは知らないんじゃないか」

「そうかもしれませんね。その子は今、どこに?」

「それはまだこれから調べる。分り次第連絡する」

「よろしくお願いします」

向うも、雑音がしているので、外でかけていたのだろう。——爽香はテーブルに戻ると、松下の話を布子に伝えた。

「まあ! 小川先生、何もおっしゃっていなかったわ」

「今三歳ということですから、誰かが預かっているのか……。その子の父親が見ているのなら、じきに分るでしょうが」

「小川先生に、ともかく伺ってみないとね」

「お忙しいでしょ。私が伺って来ますよ」

「でも、爽香さんだって——」

「じかにお話ししておかないと、あちらも信じて下さらないかもしれません。私がお目にかかりたいと小川先生に伝えていただけますか」

「分ったわ」

と、布子は肯いて、「いつもあなたを当てにして……。でも、あなたも、そうしないと気がすまないんでしょ」

「え……。先生までそういうことを。うちじゃ、明男も珠実もそう言います」

「くれぐれも気を付けてね。小川先生から何を頼まれるか分らないわよ」

「そうですね。——あんまり頼りにならない人間だって、お話ししておいていただけますか？」

爽香は半ば本気で言った。


汗をかいていた。

残暑だ。汗をかくのに何のふしぎもない。

しかし、日下の汗は少し意味が違っていた。

本当にこれでいいのか？——タクシーの中で、日下は何度もその荷物をなで回していた。

かなりの大きさだ。その段ボールの中は何なのか、見てはいない。

大きさの割には重さはない。何か入っていることは分るが、もちろん段ボールの表面にも何も書かれていなかった。

「危い物じゃないから大丈夫」

と、水科玲美からは言われている。「それを、ただ渡すだけ」

タクシーが東京駅につける。

「ここでいい」

遅れるとまずい、と思った。といって、「早過ぎてもだめ」と言われた。

その段ボールを持って、駅の中へ入って行く。——行き交う人々の多いこと。

もちろん、日下だってサラリーマンだ。通勤ラッシュは知っているが、平日の午後でも、人出は少しも減らないのだと知った。

段ボールには紐《ひも》を十文字にかけ、プラスチックの持ち手をつけてある。

「少し早いかな……」

指定された時間にはまだ二十分あった。中途半端な長さだ。

どこかで時間を潰すにしても、コーヒー一杯飲んで出て来るのに二十分では……。

といって、駅の中に、ただ座っていられるような場所はない。——仕方ない。

指定された通り、改札口を入って、ホームへ向う。ホームのベンチででも座っていればいいだろう。

しかし、ホームに上ってみると、ベンチなどほとんどなくて、立っているしかない。

ええと……。こっちの電車の六両目だよな。

玲美に言われて、何も訊かずに引き受けたものの、待っている内に不安になって来る。

俺は一体何を運んでるんだ?

電車は次から次に入って来る。六両目の二番目の扉。そこに、この荷物を渡す相手がいる。

また電車が入って来た。始発駅が遠かったのか、ずいぶん混んでいる。日下は思わず後に退《さが》った。

ここは終点だから、一人残らず降りて来る。人の流れに押されそうで、日下は段ボールを抱えるように持って、人をよけていた。

すると、誰かが肩にぶつかった。え、と振り向くと、

「ごめんなさい」

太めの体つきの中年女性である。しかし――その手には、日下の持っているのとそっくりの段ボールが。

まさか、この女が？

「大丈夫でした？　日下さん」

名前を呼ばれる、と聞いていた。では、やはりこの女が――。

素早く、二つの段ボールは入れ替わった。

「失礼しました」

と、女は愛想よく言って、足早に人の流れの中へ消えて行った。

何だったんだ？　――日下はしばらく呆然とホームに立っていた。

そしてホームが空いてくると、やっと自分が汗をかいていることに気付いた。

やれやれ……。

何だかわけが分らないが、ともかく玲美に言われた「副業」は何とか果したようだ。

しかし、この段ボールは何が入っているのだろう？　軽いという点では、前に持っていたものと変らないが。

ホームにベルが鳴り響いた。さっきの電車が折り返しで発車するのだ。

そういえば、この電車の出るのが、ちょうど言われていた約束の時間だった。

さて、どうするか。——ともかく一息つきたかった。構内のティールームにでも入ろうか。玲美に、無事終ったことを連絡しなければならない。

ホームの階段を下りようとすると、発車しかけている電車に乗ろうというのか、背広姿の男性が階段を駆け上って来た。

ぶつかりそうになって、日下はあわててよけたのだが——。

その男はいきなり、日下の手から段ボールを奪い取ったのである。思いもしないことだったので、用心してはいない。アッと思ったときには、その男が段ボールを持って、そのまま扉が閉りかけた電車へと飛び込むように乗っていた。

「おい……」

動くこともできず、ただ電車が出て行くのを見送るしかなかった。

どうなってるんだ？　——荷物を盗《と》られたと訴えようにも、何が入っているのかも答えられない。

周囲の人も、日下のことなどまるで気付きもしない様子で、忙しく動き回っている。階段を下りかけた所で突っ立っていたので、日下を「邪魔だ！」という目つきでにらんで行く客もいる。

「——参ったな」

こんなことがあると注意されていれば、用心もしたのに……。

ともかく、日下は階段を下りると、改札口の、少し広くなったスペースに出て、ケータイで玲美へかけた。

「——済んだ？」

出るなり玲美が訊いた。

「ああ、まあ何とか……」

「ご苦労さま。じゃ、五時にあのレストランで待ってるわ」

「うん。しかし……」

何も言わない内に、玲美は切ってしまった。

「仕方ない」

会ってから説明しよう。そして、訊いてみなければ。俺は一体何を運んでいたんだ？

爽香が会社に戻ると、あやめが、

「社長がお呼びです」

と言った。

「え？　いつ？」

「一時間ほど前です。でも急がなくていいと」

「分った。すぐ行くわ」

爽香はそのまま社長室に向った。

「急がなくていい」というのは、「できれば急いで」ということだ。

「――遅くなりました」

社長室のドアを開けて、爽香は言った。

「ああ、いや、急ぐわけじゃ……」

と、田端《たばた》は言った。「かけてくれ」

応接セットのソファに浅くかけると、

「先日、奥様にお目にかかりました」

「ああ、祐子《ゆうこ》がそう言ってた。最近ゴルフを始めてね」

「外に出られるのはいいことですね」

「続くといいんだが。あんまり長続きしたためしがない」

田端将夫《まさお》は、向い合って座ると、「いつも、君のチームには無理を頼んでるね。ちゃんと休めてるか？」

「何とかうまく交替で休んでいます」

「君が一番休んでないんだろ」

と、田端は言って、「そんなときに悪いんだが……」

「はあ」

言いにくいことは、早く言ってもらった方がいいのだが。

「頼まれたんだ。〈K生命〉の会長から」

「会長さんというと――小手長《こてなが》さんでしたか」

「そうそう。うちの五十周年のパーティに出席されていた」

「憶えています。ご挨拶させていただきました」

「あのとき、勤続表彰に君が色々工夫してくれた。あれを見ていて感心されたそうだ」

「恐縮です」

「それで、僕の方へ訊いて来た。あれは誰のアイデアだ、と」

「でも――もう二年前の話で」

「そうなんだが、印象に残ってたらしいんだな。それで、今、〈K生命〉が考えているプロジェクトに力を借りたいと」

「私に、というお話ですか？」

「うん。形としてはうちが〈K生命〉から請け負うということになる」

「一体何を……。〈K生命〉はうちの何倍も人のいる大企業じゃありませんか」

「これは〈K生命〉の仕事というより、小手長さん個人の夢らしい」

「というと……」

「君は〈Pハウス〉や〈レインボー・ハウス〉を立ち上げ、軌道にのせた実績がある。今度はそれの子供版を作ってほしいということなんだ」

「それって――」

「親を失くしたり、育児放棄された子供たちのための施設だ。それをゼロから立ち上げてほしいということだ」

爽香は、思いがけない話に、しばらく言葉がなかった……。

8　競　争

「ご苦労さま」

と、玲美が言った。

「いや……」

日下は、食事しながら、「話した通り、あの荷物は、女の人に渡った。でも、その後で――」

「ええ、分ったわ」

と、玲美は肯いて、「それはいいの」

「――いいって？」

日下は戸惑って、「教えてくれないか。僕は何を運んでたんだ？」

「ごめんなさい」

と、玲美は微笑んで、「あなたを信用してないわけじゃなかったのよ。ただ、頼んで来た人が、内密にと言うもんだからね」

「何か違法なことじゃ――」

「大丈夫。そういう心配はないから」

と、玲美は言った。「まさか、あなたに麻薬の運び屋なんてやらせないわよ」

「それはまあ……。僕がやったら、アッという間に捕まるよ」

日下は真面目な顔で言った。

「私の弟が、デザインの仕事をしてるの」

と、玲美は言った。「結構才能があるみたいでね。〈N自動車〉のデザイン部で働いてるの。正社員じゃないけどね」

「大手じゃないか。大したもんだ。しかし、それが僕と何の関係が？」

「あなたが運んでた段ボールの中身はね、〈車〉」

「車？」

「新車のデザイン模型なの。軽い木を削って作ってあるから、とても軽いのよ」

「よく分らないけど……」

「どのメーカーも、次の新車のデザインは極秘事項なの。デザインの部署は本社と別のところにあるから、模型を本社まで運ばなきゃならない。それがあなたに頼んだこと」

「じゃ……あのおばさんは……」

「〈N自動車〉の女性社員よ」

「それで、入れ替えた段ボールを盗って行ったのは？」

「競争相手のメーカー。どこだかは、私も聞いてない」

「そんな……。盗んでったんだぜ！」

「それぐらいのことはやるの。お互いさまでね」

日下はしばし言葉がなかった。

「もちろん、このコンピューターの時代ですもの、データを送れば、大体のイメージは伝わるでしょ。でも、車のボディの本当に微妙な曲線や、全体をひと目見たときの印象は、実際に形にしてみないと分らない。――これ、弟の話だけどね」

玲美は、封筒を取り出して、「今日のバイト代。普通のアルバイトより大分いいはずよ」

「分った。ありがとう」

「お礼は言わなくてもいいわ。仕事の報酬なんですもの」

封筒には、しっかりと厚みがあった。

「ハワイには足りないだろうね」

と、日下は半ば本気で言った。

「姉さんがクスリを？」

と、その若者は目を大きく見開いて、「車の事故で死んだんじゃないのか」

「事故だけなら死ななかった。ドラッグで体の抵抗力が落ちてたんだ」

と、内田という刑事は言った。「それに、半分意識がない状態で運転していた」

「誰がそんな……」

死んだ矢川弓子の弟、矢川明也《あきや》は怒りに声を震わせた。

「心当りはないか。姉さんの付合ってた男とか」

——警察の取調室で、矢川明也はかなりふてくされていた。こうして話をきかれるのは初めてではない。

二十四歳になる矢川明也は、高校生のころから、〈半グレ〉と呼ばれるグループの一つに入って、違法すれすれの行為の数々で、いい加減うんざりするほどにらまれて来た。

「姉さんが付合っていた相手なんて、知らねえよ」

と、明也は首を振って、「この二年くらい、連絡も取ってなかったし」

「バーで働いてることは？」

「ああ。それは聞いてた。何かあったときのためにって、メールをもらってたよ」

「店の者に訊くと、帰りに待ち合せてた男がいたらしい。名前も顔もよく分らないんだが」

と、内田刑事は言った。「お前だって、あんまり偉そうなことは言えないだろ？　姉さんはお前のことだって心配してたはずだ」

「そりゃ、会えば口論になってたよ。だから連絡しなかったんだ」

「まさか——お前がドラッグを回してたんじゃないだろうな」

「冗談じゃねえ！」

明也は顔を真赤にして、内田をにらみつけた。「姉さんはたった一人の身内だ。——悪口言い合っても、大切に思ってた」

「そうか。ともかく、容疑者を見付けるのも容易じゃない。お前も、もしどこかからそれらしい話を聞いたら、俺に知らせろ。自分で何とかしようなんて思うなよ」

「分ってる。俺だって刑務所はごめんだ」

「ともかく、何か手がかりが見付かったら連絡する。ケータイの番号とアドレスを書いてけ」

「ああ……」

メモする手が震えていた。涙が目に光っている。

「よし。今日は帰っていい」

と、内田が言うと、明也は立ち上って、出て行こうとした。

「そうだ」

と、内田が言った。「杉原って名に聞き覚えないか」

「杉原？　――知らねえな」

「杉原明男って名前だ。事故に絡んでる」

「そいつが姉さんを――」

「いや、まだ分らん。ただ、こいつは昔、人を殺してるんだ」

「何だって？」

明也の顔色が変った。「どうしてしょっぴかねえんだよ！」

「それほどの証拠がないんだ。一応目はつけてるけどな」

と、内田は言った。「もし、心当りがあったら、と思っただけだ。忘れてくれ」

明也はしばらく内田をにらむように見つめていたが、

「杉原明男だな」

と言って、そのまま出て行った。


「子供の名は緑《みどり》といった」

と、松下は言った。「それだけは分った」

「ご苦労さまでした」

と、爽香は言った。

いつもの〈ラ・ボエーム〉で、爽香は松下と会っていた。

「請求書、下さいね」

と、爽香はコーヒーを飲みながら、「その先のことは、また別ですから」

「だが、もうこの先はないかもしれない」

「というと……」

「小川智子が逮捕されたとき、娘を近所の人に頼んで行った。だが、一歳の赤ん坊の面倒をずっと見てられるもんじゃない。近くの施設に連れて行って、『親戚が引き取りに来ますから』と言って置いて帰ったそうだが、それきりだった」

「じゃ、その緑ちゃんは……」

「分らん」

と、松下は首を振って、「その施設は去年閉鎖されてる」

「まあ」

「そこで働いてたって女を見付けて、緑って子が預けられたときのことは聞いた。しかし、そこは経営難で人を減らしてたんで、その女も閉鎖の前に辞めてる」

「じゃ、そこにいた子たちは？」

「さっぱり分らないんだ。資料も残っていない」

「ひどい話ですね」

「引き取り手のない子は、たぶん近くの他の施設へ回されたんだろうと思って当ってみたが、ともかく小さな町だから、近くといっても相当離れた所になる。とても当り切れないし、調べるのも難しい」

「そうですね。――お手数かけました」

「ただ、閉鎖した施設の近所の年寄が、もしかしたらその子かもしれないって女の子が、男の人に連れられて行くのを見たと言ってたんだ。もちろん、似たような子は他にもいただろうがな。それにその年寄の記憶もあんまり当てにならない」

「でも、何もないよりは。その男の人は――」

「子供がオシッコがしたいと言い出したんで、そこの家でトイレを借りたそうだ。男の話じゃ、その子を東京へ連れて行くってことだったと」

「東京へ？　――分りました。後はこちらで何とか……」

「一応、方々に当ってはみるよ。しかし、あんまり漠然としてるからな」

「服役している智子さんは何も知らないんでしょうか？　でも、問い合せるのは大変でしょうね」

「面会といっても……。その母親なら面会できるだろう」

「布子先生から、小川さんに伝えてもらっています。――そうですね、智子さんが、その子を連れて行った男の人のことを知ってるかも」

「そううまく行くといいがな」

爽香は、コーヒーのお替りを頼んで、

「――私、週末に、その小川先生という方にお会いすることになってるんです。お孫さんのことだけは布子先生が話しておいてくれてますけど」

と言った。「それで――智子さんが殺人を認めた事件ですけど、詳しい事情は分りましたか？」

「新聞社を当って、話を聞いた」

と、松下はメモを見ながら、

「取材したっていう記者の話だ」

「――あ、ちょっと失礼」

爽香は、鳴り出したケータイを手に取って、

「瞳ちゃんだわ。――もしもし」

「爽香さん！　元気ですか？」

と、瞳の声が快く響いた。

「ええ、何とかね。なかなか会えないわね」

涼となごみの赤ちゃん、杏里の顔は見に行っているが、瞳も忙しそうで、なかなか会う機会がない。

「あの――ちょっと相談が。今、大丈夫？」

「ええ。どんなこと？」

「憶えてますよね、三ツ橋さんのこと」

「三ツ橋愛さん？　ええ、もちろん」

「この間、会ったんです、久しぶりに」

と、瞳は言った。

「それは、偶然にってこと？」

「いいえ。会いたいって連絡が。愛さん、結婚したそうで」

「そうなの？」

「それで、また音楽活動を再開したいって。手伝ってくれないかと言われたの」

爽香はちょっと考えて、

「でも、もう瞳ちゃんとは――」

「ええ、今、私もクラシックにしか係ってないでしょ。一緒にはやれないと思うんですよね」

「それは、はっきり言った方がいいわよ。昔のことはともかくとして」

「分ります。私もそう言いました」

「それで？」

「気を悪くした様子はなかったんだけど、代りに誰か後輩の子を紹介してくれないかと言われて」

「アルバイトってことね？」

「ええ。確かに、今、バイト先がなかなか見付からないんで、紹介してあげれば喜ぶ子はいると思うんだけど……」

瞳の心配は分った。

「愛さんが、すっかり手を切ってるのか、ってことね」

「そうなの。でもそうはなかなか訊けなくて……」

「分るわ。でもそれは――」

二人の話を聞いていた松下が、

「やめたと言っても、本当かどうか。係らない方がいいぞ」

と言った。

「――聞こえた？　松下さんと一緒なの。やっぱりお断りした方がいいと思うわよ」

「そうですよね」

「他の形で協力できることがあるんじゃない？　もちろん、本当に立ち直ってるのかもしれないけど。それは私にも分らない」

「爽香さん、会ってみてもらえない？　私と一緒に」

「え……。そうね……」

仕事が忙しいと言えなくなってしまった……。

9 曲線

「いい曲線だ」

と言ったのは、まだ三十そこそこかと見える男で、目の前には木を削って作られた車の原型が置かれている。

「そう?」

と、玲美は弟を不安げに見て、「でも、負けないでね」

「分ってるよ」

〈N自動車〉のデザイン部の仕事をしている水科卓《すぐる》。玲美の弟である。

玲美とは十歳ほども離れているが、よく似ていると言われる。

「――この線はなかなか出ないよ」

と、水科卓は言った。

玲美はちょっと眉をひそめて、

「でもあんたなら何とかするわよね」

「姉さんはいいよ、気楽で」

と、卓は苦笑して、「むろん、こっちも負けちゃいない。これを上回って見せるさ」

「その調子よ」

と、玲美はポンと卓の肩を叩《たた》いて、「他には何か要るものはない？」

「さし当り、もう少しこれに手を入れておかないとまずいだろうな。デザインを盗んだと言われないようにね」

――玲美のマンション。

卓と二人、玲美はワインを飲んでいた。

「うまくやってよ」

と、玲美は念を押した。「あんたには期待してるんだからね。父さんだって」

「分ってる。これで採用されれば、キャリアアップになるからね」

と、卓は言って、「それより、その男の方は大丈夫？」

「男？　ああ、日下君のことね。心配要らない。私に夢中よ」

「姉さんに、そんなに魅力があったんだ」

「失礼ね。――日下君は、今の私じゃなくて、高校生のころのイメージに恋してるのよ」

「今どき、そんなのがいるんだ」

と、卓が感心したように言った。「でも、何も気付いてない？」

「私の言うことを百パーセント信用してる。安心してて」

玲美はグラスを空けると、「もう一杯、飲む？」

「いや、それより何か食べたいな。どこかへ出ようよ」

「払ってくれるの？」

「才能で稼いでるんだぜ。それに、〈打合せ〉と言っとけば、会社持ちだ」

「天才デザイナーにしちゃ、ケチくさいわね」

「今度の仕事で稼げりゃ、スーパーカーだよ」

「〈N自動車〉の新車に乗らないの？」

「趣味とは別さ」

と、卓は笑った。

玲美が着替えて、二人はマンションを出ると、タクシーを拾った。

「――日下って男のことだけど」

タクシーの中で、卓は言った。「欲を出したりしないだろうね」

「大丈夫。バイト料で感激してるわ。ちゃんと現金で渡してるから、何も残らない」

「うまくつなぎ止めておいてね。いつでも利用できるように」

「私を信用しなさい」

玲美は弟の手に軽く手を重ねた。

ブザーを鳴らして、少し待つと、玄関の引き戸の向うに明りが点《つ》き、人影が動いて、

「お待ち下さい」

と、声がした。

爽香は、もちろんせかすようなことはしなかった。——古びた一軒家だが、玄関先にも雑草などは伸びていない。脇に小さな鉢植えが二つ、並んでいた。

少しガタつく戸が、音をたてて開くと、

「お待たせしてどうも……」

「小川久子先生でいらっしゃいますね。私、杉原爽香と申します」

と、頭を下げる。

「わざわざおいでいただいて……」

「いえ、夜分にお邪魔して」

もう少し早い時刻に来るつもりだったが、仕事の打合せが長引いてしまった。もちろんその旨の連絡は入れてある。

「どうぞお上り下さい」

と、小川久子は言った。

昔風の「茶の間」に通されて、爽香は久子がお茶をいれてくれるのを待った。

「――何もございませんが」

「香りのいいお茶ですね」

と、爽香は言って、一口飲むと、「味もすばらしいですね」

「恐れ入ります」

久子は、ちょっと気持がほぐれたように微笑んだ。

「早速ですが……」

余計な話で時間をかけるのは、相手にも迷惑だろうと思って、切り出した。

「河村布子さんから伺っています」

と、久子は言った。「娘のことで……」

「智子さんに女の子がいたことは……」

「全く知りませんでした。自分に孫がいたなんて」

と、久子は首を振って、「正直、母と娘といっても、ほとんど縁が切れていたのです。子供を私に預ける気になれなかったのでしょう」

「緑ちゃんという女の子で、今三歳だと思われます」

松下から聞いた話を、久子に伝えて、「それらしい子を連れていた男の人についても、お心当りはないのですね」

「ええ、全く」

「それが緑ちゃんだと確かめられてはいないのですが、確かめるためにも、智子さんに訊いてみていただけませんか」

と、爽香は言った。「他人が面会することは難しいでしょうが、母親でしたら。――予《あらかじ》め手紙を出していただくとか」

「ええ。面会を申し込みたいと思います」

「そして、お話のあったように、智子さんが無実かどうか、その事情を伺ってみていただきたいのです」

「勝手を言って、申し訳ありません。もちろん、智子が人を殺すはずがないというのは、親としての希望かもしれません。でも――」

「お気持は分ります」

と、爽香は言った。「それで――智子さんが殺したとされている人のことは、何かご存じですか」

「いえ……。何でも、智子の勤め先の偉い方とだけ……」

「そのようです」

松下の調べたところでは、殺されたのは、馬渕《まぶち》勇一郎《ゆういちろう》、六十一歳だった。

〈M文具〉という中小企業のオーナー社長で、智子はそこに二年勤めていた。

おそらく、馬渕と智子の間に、何かあったのだろう。しかし、それを確かめるにも、〈M文具〉は廃業してしまっていた……。

「――当時のことを、地方紙の記者に訊いてもらいました」

と、爽香は言った。「社長と女性社員の間に関係があったとしても、そう珍しいことではないでしょう。社員の間でも知られていたようです。――その夜、馬渕社長は智子さんのアパートを訪れていました。そして深夜、一一〇番通報があり、智子さんのアパートで人が殺されたと。警官が駆けつけると、部屋で馬渕社長が刺し殺されて倒れており、智子さんがそのそばに。智子さんは逃げようとも、手向いもせず、『私がやりました』とおとなしく逮捕されたそうです」

久子は息をつくと、

「では、やはり娘がやったのでしょうね」

と言った。

「ただ、気になることがあります」

と、爽香は言った。「記者の記憶では、馬渕さんを殺した凶器が見付からなかったというのです」

「まあ」

「でも智子さんが犯行を認めていたので、見付からなくても、そのままになってしまったようです。——もう一つは、一一〇番したのが誰なのか分らなかったということです。女の声だったというだけで、誰が通報したのか分らずじまいだったのです」

と、爽香は言った。「本来なら、きちんと調べるべきですが、何といっても、めったに殺人事件など起らない場所で、犯人が分っているからと、細かいことは気にしなかったのでしょう。でも、智子さん自身が通報したのでないことは分っていたようです」

「——智子と面会して、私が確かめます」

と、久子は言った。

「そうして下さい。人一人殺されているのです。どういう事情だったのか、やはり明らかにする必要があると思います」

「杉原さんは、とても頭の切れる方だと伺っています」

「それは……河村先生が、私のことを買いかぶってらっしゃるんです」

と、爽香はちょっと焦って言った。

「もちろん、私も分っています。あなたがとてもお忙しい立場でいらっしゃるのに、こうしてわざわざ……。ですから、決して無理をお願いするつもりはありません」

と言ってから、久子は、「でも——もう無理をお願いしていますね」

二人はちょっと間を置いて、それから一緒に笑った。

「どうぞお気づかいなく」

と、爽香は言った。「どうしてだか、人に頼られることに慣れてしまっているんです。もちろん、本業もありますし、夫も娘もいますから、できることは限られていますけど、それでも、たいていは何とかご期待に添えることが多いので」

「選ばれた方なんですね、杉原さんは。私も長く色んな人を見て来ました。あなたは、特に選ばれた人の空気をまとっておられます」

「危いことばかりに選ばれるって、幸運なんでしょうかね？」

と、爽香は真顔で言った。

――少しして、爽香は、久子の面会の結果を待ってもう一度会う約束をして、失礼することにした。

「――どうぞこちらで」

玄関を出て見送ってくれる久子へそう言って、爽香は歩き出した。少し行って振り返ると、もう久子の姿はなかった。

「遅くなっちゃった……」

と呟いて、腕時計を見る。

そして――ふと足を止めた。

あの家の玄関の引き戸は、かなりガタついて、開けるときも閉めるときも音をたてる。

だが、久子は戻って行ったが……。

この静かな夜の道で、玄関の戸の閉る音が聞こえなかった。

いや、もうこれだけ歩いて来たのだから、聞こえなくて当然か。しかし……。

迷っている間に、見に行ける。――爽香は、

「お節介やき！」

と自分に向って言いながら、小川久子の家へと戻って行った。

暗がりの中、玄関の戸が開いたままだ。そして、その手前に、うずくまるように倒れている久子の姿が見分けられた。

「小川先生！」

爽香は駆け寄った。「しっかりして下さい！　聞こえますか！」

抱き起すと、久子は苦しげに呻き声を上げた。爽香はケータイを取り出し、救急車を呼んだ。


「――救急車で入院？」

と、爽香からの連絡を受けた明男がケータイを手に、「誰かついて行ってくれる人はいなかったのか？」

「一人暮しなのよ」

と、爽香が言った。「まさか救急車に一人で乗せて放っとくわけにいかないでしょ」

「それは分ってるけど……。明日は休めるのか？」

明日は土曜日で、本来なら休日だ。爽香は少し迷ってから、

「休むわ。あやめちゃんと出かけるつもりだったけど、明日でなくても」

「そうか。分った。――どこの病院だ？　迎えに行ってやる」

「大丈夫。帰れるよ。小川先生も落ちついたみたいだから」

「いや、迎えに行く」

と、明男は断固として言った。

迎えに行かないと、帰って来ないかもしれない、と思っているのだ。爽香の方でも明男の気持は分るので、

「それじゃ待ってるよ。珠実ちゃんに早く寝るように言ってね」

病院の場所を説明してから切ると、爽香はさすがにくたびれて息をついた。迎えに来てくれるのはありがたかった。

小川久子は六十四歳ということだから、今ならそう高齢というわけではない。年齢より老けて見えるのは、色々と気苦労が多かったせいもあるのだろう。

とりあえず、当直の医師が診てくれて、

「貧血を起していますね」

と言われていた。

明日、詳しい検査を、ということだったが……。

「爽香さん！」

「布子先生！　こんな時間に――」

河村布子に、小川久子のことを知らせたのである。布子としては、爽香に任せておくわけにはいかないという思いだろう。

「ごめんね、爽香さん。後は私に任せて」

「はい。ありがとうございます」

正直、ホッとした。

布子が後を引き受けてくれれば、安心して帰れる。

「明男が迎えに来ますから」

車で三十分くらいはかかるだろう。爽香は、小川久子との話の内容を布子に告げた。

「――小川先生が面会に行ければね」

と、布子は言って、「容態を聞いて、私から相談してみるわ」

「お願いします。これぱっかりは私では……」

「もちろんよ。どうなっているのか、調べてみるわ。小川先生が無理なら、私が代りに面会できるのか。――ともかく、あなたは心配しないで」

「気になることは、解決したいと思います。これは私の性分ですから」

エレベーターの扉が開き、明男が降りて来るのが見えて、爽香はつい、女学生のように手を振ってしまった。

10 重い沈黙

〈本日の宴会〉

ホテルの正面玄関を入ると、すぐ目につくところに、今日このホテルの宴会場で開かれる宴会、パーティがズラリと表示されている。

「さすが……」

と、爽香は呟いた。

大きなホテルで、宴会場もいくつもある。そこがほぼ終日埋っていた。半分は〈結婚披露宴〉。

「おめでとうございます」

と、関係ないのにそう小声で言って、ロビーを進んで行くと、案内パネルを手に立っている女性社員が目についた。

よほど大きなパーティなのか。

歩きながらパネルに目をやると、

「あ……。〈K生命〉だ」

さすが大企業である。パーティの参加者も多いのだろう。

そうだ。社長の田端に言われていた〈K生命〉の会長・小手長からの話。

その後、あやめの力を借りて、果して自分たちでやれるものかどうか、調査していた。

爽香はラウンジへ入って行くと、奥のテーブルに、取材に来ている雑誌の担当者を見付けて、手を上げて見せた。

「――お忙しいところをどうも」

女性誌のライターをしている女性で、爽香は前に他の雑誌の仕事で会ったことがある。

インタビューされるのが、爽香は苦手である。もちろん、相手によるが、自分の記事に都合のいい返事を引き出そうとするインタビュアーが少なくない。

今日の相手は良心的なライターで、爽香もそれが分っているので引き受けたのである。

「――では、まとめた原稿をメールで送らせていただきます」

「よろしく」

約束通り一時間で終ってくれて、爽香はホッとしていた。すると、

「失礼ですが」

どう見ても自分に声をかけられているのだが、爽香には全く見覚えのない、四十代半ばかと思えるスーツ姿の女性。全体に地味な印象だった。

「はい……」

「突然申し訳ありません。〈G興産〉の杉原さんでいらっしゃいますか」

「杉原ですが……」

「私、〈K生命〉の小手長の秘書ですが」

「会長さんの」

「はい。もしお時間が許すようでしたら、小手長がお話ししたいと申しておりまして」

「そうですか」

爽香は少し迷った。インタビューが一時間として、社へ戻るつもりでいたのだ。

「ではお先に失礼します」

ライターの女性が、伝票を手に立って行った。

「分りました。参ります」

〈K生命〉の会長だからというより、直接話をする機会はそうないだろうと思ったのだ。

「ありがとうございます。私、小手長の秘書で、武《たけ》田《だ》順《じゅん》子《こ》と申します」

爽香は、真直ぐに伸びた背中の後をついて行った。——〈K生命〉のパーティは三階の大宴会場で開かれていた。

「こちらへ」

その前を通り過ぎて、奥のドアへと案内される。

ドアを軽くノックして、開けると、

「会長、杉原さんです」

パーティの控室として使われているのだろう。細長い会議室のような部屋だ。奥にソファをL字型に置いたコーナーがあり、そこにダブルのスーツの紳士が座っていた。爽香は、記憶の中の小手長より、ずいぶん老けたと思えて、ちょっと戸惑った。病気でもしたのかしら？　爽香はふっとそう思った。思った、と言うより感じたと言った方が近いだろう。

「突然すまなかったね」

と、小手長は穏やかに言って、「まあ、かけてくれ」

「失礼します」

確かに、小手長からは、以前感じられたような力強さ、張りのようなものが失われている気がした。もちろん、年齢のせいもあるかもしれないが。

「ここのラウンジに、何人か顔見知りのウェイターがいてね。私が君のことを話していたのを憶えていたんだ。君が来るというのを取材相手の話で耳にして、連絡してくれた」

「そうですか。ちょっとびっくりしました」

「もうそっちの用はすんだのかね？」

「はい、終りました」

武田順子が、コーヒーを持って来てくれた。

「どうも……」

爽香は、コーヒーをそっとひと口飲んだ。何となく、少し間を置いた方がいいような気がしたのだ。武田順子は出て行った。

爽香がコーヒーカップを置くと、

「田端君から聞いてるかね」

と、小手長が言った。

もちろん話が通っていることは承知しているはずだ。爽香は、ちょっと座り直して、

「ご希望については、田端より聞いております。こちらで多少調査もいたしました」

と言って、ひと息置くと、「正直に申し上げて、私どもでは無理かと思います。高齢の方のためのホームとは違って、子供となると、幼児から、小中学生まで幅広いですし、法的にも沢山の条件や許可が必要なものがあります。専門家を集めて、ゼロから立ち上げるとなれば……。ことに、〈K生命〉様と〈G興産〉が係る以上、万一にも法に違反するようなことはできませんし、公的機関との折衝も必要でしょう。とても、私ども素人が集まって、一年二年でやれるとは思えません。といって、どこかの既存の施設に丸投げしてしまうようなことは、会長様もお望みではないと思います」

決して、まくし立てるような印象を与えないよう、爽香はことさらにゆっくりとした口調で話した。じっと小手長の目を見ながら。

小手長の表情は穏やかで、全く変らなかった。——爽香はそっと息を吐くと、コーヒーを飲んだ。

この意見は、田端にはまだ言っていない。むしろ、小手長にじかに話した方がいいと思っていた。

小手長は、小さく肯くと、

「よく分った」

と言った。

「お気持に添えず、申し訳ありません」

爽香は、小手長が不快な表情を見せるかと覚悟していた。大企業の会長という立場なら、少々の無理が通って当り前だというのが、普通の感覚である。

しかし、小手長はかすかに微笑を浮かべると、

「大分悩ませてしまったね。すまなかった」

と言ったのである。

「とんでもない。お力になれなくて……」

「去年の暮れに、三田村《みたむら》朋哉《ともや》さんの出した〈回想録〉を読んだよ」

「はあ……。そうですか」

と言うしかない。

三田村家を巡っても、色々事件があった。三田村の〈回想録〉の中の自分はやや立派過ぎると思っていたが。

「君が断ってくるだろうとは思っていた」

と、小手長が言った。「田端君に頼んでから、後悔したんだ。とんでもないことを頼んでしまった、と。あれは――とっさに思い付いた、私の罪滅ぼしだったんだよ」

「といいますと？」

「私には息子が三人いる。長男と三男は、〈K生命〉で、それなりの仕事をしている。次男はちょっと変っていてね。絵の勉強をしにフランスへ行ったが、向うで何をしているのか……」

と、小手長は苦笑した。「そして、私には娘が一人いる」

「お嬢様が……」

小手長は爽香を真直ぐに見て、

「小川久子という女性のことだ」

爽香は絶句して、小手長を見つめていた……。

「きっかけは、長男のところの女の子――つまり私の孫が、〈M女子学院〉の高校に入ったことだ」

と、小手長は言った。「孫は中学からそのまま高校へ上って、私は河村布子さんという教務主任と知り合った。といっても、海外出張していた父親の代りに、父母会の集まりに出席したんだ」

爽香は、ただ黙って聞いているしかなかった。

「父母会の退屈な報告事項の後、その河村先生が立って、マイクを持ち、高校の保健室について話をした。高校生の女の子は微妙な年ごろだ。精神的にも、体のことでも、ちょっとしたことで倒れたりする。――高校生にとって、保健室の大切さを、ていねいに、説得力を持って話した。そのときに、自分がかつて参加した研修会で聞いた小川久子先生という人の話に、とても感銘を受けたと言ったんだ」

小手長はちょっと息をついて、「――そのときまで、名前も忘れていたが、私はその瞬間に思い出した。小川久子という女性と、半年ほどだったが、付合っていたことを。確か学校に勤めていると言っていたし、保健室の話もしていた。まあ、私にはいつも女がいなかったわけではない。しかし、あんな地味で控え目な女性は他にいなかったので、小川久子という名前を聞いて思い出したんだ」

小手長は、思い出を確かめるように、宙を見ながら、

「会合の後、私は河村先生に声をかけて、小川久子さんがどこの学校にいるのか、訊いた。そして、その後少ししてから学校へ問い合せると、もう彼女は辞めていたんだ。私はちょっとがっかりしたが、もし彼女が結婚でもして幸せに暮しているなら、私などが連絡したら迷惑だろうと思って、それきり忘れることにした。しかし……」

小手長は、しばらく言葉を切って目を閉じた。どこか辛そうだった。

「大丈夫ですか？　お具合でも……」

「いや、心配ない」

と、小さく手を振って、「河村布子さんは〈M女子学院〉の校長になったそうだね」

「はい、存じています」

「三田村さんの〈回想録〉にも河村さんは登場している。君の恩師なのだな」

「夫婦ともども、お世話になっています」

「結構なことだ。立派な校長になるだろう」

と、小手長は肯いて言った。「その話を聞いて、また私は小川久子さんを思い出した。今どうしているのか……。連絡するつもりはなく、人に頼んで調べてもらって知ったんだ。なぜ彼女が学校を辞めたのか」

「小手長さん」

爽香は名前で呼んだ。「小川久子さんの娘さんは――」

「時期を考えて、まず間違いなく私の娘だと思った。そう知ると、彼女の方から別れを告げて来たとき、いやに唐突で、彼女らしくないと感じたことも思い出して来た」

爽香はゆっくりと肯いて、

「ではご存じなのですね。娘の智子さんが刑務所にいることも」

「うん。――ショックだった。その子をそんなことにさせてしまった責任は私にある。知っていればそんなことには……」

と言いかけて、「なぜ君はそこまで知っているんだ？」

「河村先生が、小川先生と偶然会われたのです」

爽香は、手短かに事情を説明した。

「――何ということだ」

と、小手長が首を振って、「その智子には女の子がいる？」

「はい。小川先生とはお会いしたばかりですが――」

入院していると聞いて、小手長は、

「すぐに当ってみよう。ただの過労ならいいが……」

秘書の武田順子がやって来て、

「会長、そろそろお開きのご挨拶を」

と言った。

「分った。すぐ行く」

武田順子が出て行くと、小手長は立ち上って、

「すまんが、もう少し時間をくれ」

と言った。「構わんかね？」

「お待ちしています」

と言うしかない。

ドアの方へ行きかけた小手長は、途中で足を止めて振り向くと、

「君のことだ。気付いているかもしれんが、私は体を悪くしていてね。まだ分らないが、どうも先が長くないような気がするんだ」

と言った。「君に頼みたいことがある。ぜひとも」

小手長は出て行った。

爽香はソファにぐったり身を沈めて、

「私にまた……。どうして、そんなことばっかり頼られるの？」

と呟くと、すでに冷めたコーヒーの残りを一気に飲み干した。

11 直感

血筋、というものだろう。

珠実は、その男をひと目見て、「怪しい」と思った。

「行って来ます」

と、いつもの通り学校へ。

表の通りへ出たとき、とても場違いな感じの男が通りの向うに立っていたのである。

朝の登校時間、見かけるのは、せかせかと出勤して行くサラリーマン、髪の乱れをしきりに気にしながらバス停へと急ぐ女性たち。

そして珠実のような子供たち。

子供といっても、珠実はもう中二。当人としては、「半分大人」くらいのつもりでいる。

小学生は、何人かずつ固まって登校して行く。もっと小さな幼稚園児は、たいていお母さんに手を引かれ――中にはお父さんもいるが――眠そうにしている。

ともかく、いつもみんな大体同じ時間に出て来るので、毎朝、見かけるのも見覚えのある顔である。

ところが――その道の向いに立ってタバコをふかしているのは、ちょっとだらしなくはおったコートの下は派手な柄物のシャツ。髪は金髪に染めたのがまだらになっている。しかも、駅やバス停へ向うのでもなく、目の前を通って行く男たちをキョロキョロしながら見て、誰かを捜している様子だ。

珠実はちょっと足を止めて、その男を見ていた。すると――珠実の少し後から表通りに急ぎ足で出て来た人がいる。四十七、八という感じの勤め人で、珠実もときどき見る人だ。

すると、道の向い側にいた男が足早にやって来て、

「ちょっと、あんた、杉原さんか？」

と、声をかけたのである。

「何？　違いますよ」

「そうか」

謝るでもなく、また道の向い側へ戻って行く。――確かに、今の人、お父さんと少し似ていなくもない。

珠実はケータイを取り出して母にかけた。

「珠実ちゃん、どうしたの?」

と、爽香が言った。「何か忘れ物した?」

「あのね、変な奴がお父さん捜して立ってる」

「え?」

珠実が様子を説明すると、爽香は、

「写真、撮れる?」

「うん。楽勝」

「じゃ、撮って送って。私のところでいいから」

「うん、分った」

「すぐ学校に行ってね。大丈夫だから」

そう言われても――。珠実はケータイのメールを読んでいるふりをして、まだぼんやりと突っ立っている男を写真に撮ると、爽香のケータイに送った。すると――。

パトカーが一台、通りをやって来た。別にサイレンを鳴らしているわけでもなく、ごく普通に通って行ったのだが、目をやると、あのコートの男がふいとパトカーの方に背を向けて、電柱の貼り紙を見ているようなふりをしたのである。

やっぱり怪しい!

そして、男はパトカーが行ってしまうと、何だか落ちつかない様子で、せかせかとバス停へ向い、ちょうどやって来たバスに乗り込んだ。

バスはすぐ発車したが……。おそらく、通勤などしたことのない男なのだろう。バスがとんでもなく混んでいるのに仰天している顔が、窓の中にチラッと見えて、珠実は笑ってしまいそうになった。

学校がなかったら、尾行してやるんだったけどな、と思いつつ、珠実は歩き出しながら、もう一度爽香へ電話して、目撃情報を報告した。


その男——矢川明也が、刑事から聞いた「杉原明男」を捜して道に立ったころには、朝の通学用のスクールバスは、すでに半分以上のコースを回っていた。

爽香からのメールに気付いてはいたが、学校へ着いて、全員の生徒を降ろすまではチェックできない。やっとすませて、

「何だ？」

見たことのない男の写真、そして爽香の短いメールがひと言。

「知ってる？」

明男は爽香に電話して、事情を聞いた。

「珠実も、その手のことには勘が働くな」

と、苦笑する。「しかし、誰だか分らないよ。写真見ても」

「向うも明男のこと、知らないのよ。違う人に声かけてたっていうんだから」

「そうだな。しかし、確かに、あんまり柄のいい奴じゃなさそうだ」

「まだ若いよね、見た感じ。また松下さんに調べてもらうわ」

「分った。まあ用心するよ」

明男はそう言って切ると、気になっていたバスのオイルのチェックを始めた。


「どうだったの?」

と訊いてから、水科玲美は後悔した。

返事を聞くまでもなく、弟、卓のこわばった無表情な顔がすべてを語っていた。

夜、ホテルのバーで一時間近く待っていた玲美は、やって来た卓がソファにかけたまま黙っているのを見て、

「何か飲む?」

と訊いた。「ウイスキー? 何かカクテルにする?」

卓が返事をしないので、玲美はウエイターに、

「水割りを」

と頼んだ。「——またチャンスはあるわよ」

玲美は弟の手に手を重ねた。すると……。

　卓が声を上げて笑ったのである。玲美が呆気に取られていると、

「騙されたろ？」

と、卓が言った。

「卓……。それじゃ――」

「採用された！　やったよ！」

「もう！　人をからかって！」

腹を立てながらも、玲美は一緒になって笑った。

「もちろん、まだしばらくは極秘だよ。でも、姉さんとお祝いするぐらいは構わないだろ」

「いいわ。じゃ、私がごちそうしてあげる」

グラスが来て、二人は改めて乾杯した。

「凄いわね！　姉さん、自慢だわ」

「しゃべっちゃだめだぜ」

「分ってるわよ」

と、玲美は、ちょっと卓をにらんで、「そんなに口の軽い姉さんだと思ってるの？」

早速明晩に高級フレンチの店に予約を入れることにして、玲美がケータイを手に取ると、

「そうだ」

と、卓が言った。「姉さんの彼氏も招《よ》んだら？　何てったっけ？」

「日下君？　どうして？」

「だって、多少は世話をかけただろ。事情を知ってるわけだし。それに一度会ってみたいんだ。今どき珍しい男じゃないか」

「そりゃあ、誘えば来るでしょ。でも、いいの？」

「それじゃ、僕ら二人で食事して、その後、少し高級なバーに来てもらうとか、さ。それなら大したことじゃないだろ」

「分ったわ。それじゃ、誘いのメールを入れとく。何があっても飛んで来ると思うわよ、あの人」

玲美はレストランを予約した後、このホテルのバーに、日下を誘うメールを送った。

ほとんど間髪を容れずに、〈喜んで伺うよ〉という返事が来た。

「――ね？」

と、玲美が日下からのメールを卓に見せる。

「本当だ。姉さんからのメールを待ってるんだな」

「このところ、ちょっと連絡取ってなかったからね。でも、卓はあんまり係り合わない方がいいわよ」

「もちろん。友達になりたいわけじゃないよ」

そう言って、卓は、「もう一杯飲もうかな」

と言った。

――姉の話で、日下がどんな男か、卓にも見当はついていた。しかし、やはり実際に一度会ってみたかったのだ。

そう。――いざというときには、役に立ってもらわなくてはならないかもしれない。

そのためにも、日下が「安心して」副業に打ち込めるようにしておかなくては……。

「明日は、うんと高いワインを頼んでちょうだい」

と、玲美が言った。

ああ……。

どうなってるのかしら？

年齢《とし》を取っても、自分だけは大丈夫、と信じていたのに。それが、こうしてベッドに横になったまま、点滴のチューブにつながれている。

まるで鎖につながれた犬みたいに。――情ない話だわ。

目に入るものといったら、天井のしみぐらいのもので、今が昼か夜かもよく分らない。

でも――ぜいたくを言っちゃいけないのだろう。あの杉原爽香さんという人が、私の倒れているのに気が付いて、救急車を呼んでくれなかったら……。

そう。私には、娘を助け出すという、大切な仕事があるのだ。まだ死ぬわけにはいかない。まだ、もう少し……。

「小川さん」

看護師の声で、いつしかウトウトしかけていたのが目覚めて、

「え……」

と、声を出すことができた。

「お見舞の方が。どうします？」

「はあ……。そうですか」

この退屈な時間の中では、もしも税金の取り立てに来た人でも、ありがたい気がした。

「じゃ、いいのね？　ご案内しますよ」

「ええ、よろしく」

キュッ、キュッと革靴の音がして、ぼんやりと男性の顔が目に入って来た。そして、

「どうも」

と言われて、久子は、小さく肯いた。

「はい、どうも……。どちら様でしょうか」

と訊いたのは、多少視界がはっきりしても、相手の顔を見分けるところまで行かなか

ったからだ。

見舞に来た男性は、久子に答えるよりもじっと覗き込むように見つめて、

「久しぶりだ」

と言った。「しかし、面影がある。ああ、やっぱり久子さんだ」

「あなたは……」

「もうすっかり老けたよ。分らなくても当然だ。私は小手長悠一《ゆういち》。――憶えておいでかね」

ほんの一、二秒の間があって、久子はハッと息を吸った。そして、

「まあ……。本当に？ ――そう、確かに小手長さん……」

と、ひとり言のように呟いたが、「びっくりしましたよ」

「そうだろうね」

小手長は椅子をベッドのそばに寄せて、「いいかね、座って」

「ええ、どうぞ。――でも、どうしてここへ？」

「縁はふしぎなものだよ。久子さんが相談した河村先生、そしてあなたに会いに行った杉原爽香さん。どちらも私は知っていてね」

「そうでしたか。でも、小手長さんにまで――」

「どうして言ってくれなかった。――あのとき」

「あなた……。智子のことを……」

「調べた。あのとき話してくれていたら……」

「でも、あなたには決して迷惑をかけない。そう決心していたんです」

「それは分るが……」

「それじゃ、今、智子の置かれている状況もご存じですか」

「もちろんだ」

と、小手長は肯いて、「一体何があったんだね？」

「私にも分らないんです」

久子は目を潤ませて、「あの子は出て行ってしまいました。どこへ行くとも何とも言わずに。――母として、私が何もしてやれなかったんです」

「しかし、君の娘が、そんなことをするとは、私には信じられない」

「小手長さん……。あなた、あなたの力で、智子を救ってやって下さい。私はどうなってもいい。あの子はきっと――」

「落ち着いて」

と、小手長は久子の手をやさしく握って、「興奮しては体に良くない」

すると、久子はじっと小手長を見上げて、

「お体が……。どこか具合が悪いんですか？」

と訊いた。

「どうして――」

「顔色が……。それに、昔のあなたは、もっと肌がつやつやしていましたわ」

「それはもう何十年もたっているからね」

と、小手長はちょっと笑ったが、「いや、お互い本当のことを、隠さずに言おう。確かに、体を悪くしている。今日明日にもどうというほどではないが、まあ、いつ倒れてもおかしくない」

「そんな……」

「だから、元気な内に、娘を救いたい。この体で大したことはできないが、方々に手を回して、真相を調べることはできる」

「そうしていただけたら……。それには、私も何か……」

「まあ、一旦私に任せなさい」

と、小手長は久子の手をそっとさすった。「この件を任せられる最適の人がいる。君も会っただろう」

「私をここへ運んで下さった方ね。杉原爽香さん」

「うん。彼女はこれまでにも色々事件を解決して来た人だ。もちろん、〈G興産〉で責任ある立場にいるから、大変だろうが」

「私も言ったんです。あの人は、『選ばれた人』だわ」

「君は昔から直感の働く人だったよ」

久子は大きく息をついて、

「どうでしょう！　かつて愛した人と何十年もたって、再会するなんて、そんなドラマのようなことがあるのね！」

久子の声は弾んで、少なくとも十年は若い声になっていた。

12 追われる

「悪いわね」

と、水科玲美は言った。「送って行かなくて」

「そんなこと、構やしないよ」

と、日下は手を振って、「歩いて帰った方が酔いがさめる」

「今度の週末には都合をつけられると思うわ」

「無理しないでくれ。弟さんの方で、大変なんだろ」

「ごめんなさいね。もう少ししたら落ちつくから」

玲美は素早く日下にキスして、「そうしたら、温泉にでも行きましょ。ハワイはもう少し先になるけど」

「楽しみにしてるよ」

日下は微笑んで、「じゃあ……卓君によろしく言ってくれ」

「ええ。あの子も、あなたに感謝してるわ。あんまりそういうことを言わない子だけど、私には分るの」

「僕にやれることなんか、大したことじゃないよ」

日下は、心からそう言っていた。

そのとき、先の角を車のライトが曲って来るのが見えた。

「来たわ。それじゃ、また」

「ああ」

玲美が小走りに夜道を駆けて行くと、スポーツタイプの車が停って、ドアが開いた。

日下は、玲美がその車に乗り込み、車がUターンして走り去るのを見送っていた。

今夜も大分酔っている。

人通りのない、広い公園の近くの道だった。――もう真夜中だろう。

日下は少しふらつきながら歩き出した。

「玲美……」

頭に浮かぶのは、玲美の肉付きのいい体だった。――あの体が、俺のものだ。

夢じゃない。本当に、何度もあの体を抱いたのだ。

もっとも――一時の、燃え立つような夜は、このところ遠ざかっていた。玲美が、弟の卓のために、何かと忙しくしているせいだ。

そして日下は、何度か「副業」をして、金をもらった。何かを運んだり、受け取ったり……。正直、自分が具体的に何をしているのか、よく分らない。

しかし、ともかく「極秘」の作業を、手伝っていることは分っていた。玲美にそう言われているから。

「詳しいことは、まだ話せないの」

と、玲美は言っていた。

日下も、しつこく訊いて、玲美に嫌われるのが何より怖かったから、あえて訊こうとはしなかった。

訊いても分らなかったろうが。

ともかく、日下は玲美の役に立っていることさえ分っていれば、満足だったのだ。

「まあいいや……」

もう少しすれば、色々なことが分ってくるだろう。そして、また玲美を抱くことができる……。

ブルル……。

車の音か？　日下は振り返った。

暗くてよく分らないが、夜中だというのにライトも点けていない。

何だろう？　――見物していても仕方ない。

日下は、その車に背を向けて歩き出した。

そして欠伸《あくび》をすると、車のエンジン音がやけに近くに聞こえて振り返った。
そのとき、車のライトが点いた。目のくらむような光が、日下の目を射た。
足がもつれて、フラフラと道の端へと寄って行った。——それが日下を救った。
ライトを点けた車は、日下に向って一気にスピードを上げて迫って来たのだ。
車が、脇腹に触れるかと思うほどの所を通り過ぎた。
「何だっていうんだ？」
今のは何だ？　——あのまま立っていたら、間違いなくあの車にはねられていた。
日下は啞然《あぜん》として、車が数十メートル先で停るのを見ていた。
車はタイヤをきしませながら、方向を変えた。ライトが、日下を捉える。
「おい、冗談じゃない！」
酔いが少しでもさめていて良かったのだ。とっさに駆け出すことができた。
車が走り出す。日下を狙っているのは間違いなかった。
やめてくれ！　——車が一瞬の内に迫って来る。
日下は転んだ。わざとではなかったが、そのわずかのずれが、日下を救った。
車は再び日下をひきそこなった。
今度はもっと先まで行くと、急ブレーキをかけて停った。
「何だよ……」

日下は起き上った。あの車が、バックして来る。——日下に向って。

日下は逃げようとしたが、狙われていると分ると、立ちすくんでしまった。

まさか——こんなことが——。

そのとき、反対方向からやって来る車があった。バックして来た車が急停止した。

そして、今度は日下を後に、猛スピードで走り去って行った。

——膝が震えた。

今の車は——明らかに日下をひき殺そうとしていた。

日下を救うことになったのは、タクシーだった。こんな道をよく通ったものだ。

〈空車〉のランプが点いている。日下のそばで停ると、

「旦那、どうです?」

と、ドライバーが声をかけて来た。

「乗るよ。乗せてくれ!」

と、日下は反射的にそう言って、タクシーに乗り込んでいた。

「どちらへ?」

と訊かれても、すぐには答えられなかった。

「真直ぐ。——このまま真直ぐ行ってくれ」

と、やっと言葉が出た。

そして、日下は、

「助かったよ。ありがとう」

と言った。

「具合でも悪いんですか？」

ドライバーが、ふしぎそうに訊いた。

「いや……。そういうわけじゃ……」

まさか、ひき殺されそうになったんだ、などとは言えない。

「ともかく……真直ぐ行ってくれ」

と、日下はくり返した。


電話の向うで、しばらく沈黙があった。

瞳はケータイを耳に当てたまま、待った。

三ツ橋愛から、こんな夜中に電話がかかって来たことに、ショックを受けていた。

確かに、愛から頼まれたことへの返事をしていなかった。しかし、

「少し待って下さい」

というメールは送ってあったし、できれば爽香に同席してもらって、じかに会って話したいとも伝えてあった。

それが――。

「ねえ、瞳ちゃん」

と、夜中にかかって来たのだ。「私のお願いが聞けないの？」

「電話では、はっきりしたお話はできないと思います。こんなに遅い時間ですし」

そう言ったきり、瞳は黙っていた。愛がどう言ってくるか、ハラハラしながら待っていた。

お願いですから。――こんな時間に、ごめんなさいね、と。あるいは、じゃ、改めて会って話しましょうね、と言って。

お願い。愛さん。もし本当に――。

「何なのよ！」

叫ぶような声が飛び出して来た。「私のこと、信じてないのね！」

「愛さん――」

「私を愛してるって言ったのも、全部、嘘だったのね！　私があんなに可愛がってあげたのに。――裏切るのね、私を！」

涙声になっていた。瞳は息苦しい思いをしていた。

愛さんは普通じゃない。――爽香と話したとき、あの松下さんが、

「やめたと言っても、本当かどうか」

と言ったのは、おそらく事実だったのだ。

「ごめんなさい、愛さん」

と、瞳はやっと言った。「でも、分って下さい。以前の愛さんなら――」

「何よ、私のこと裏切っといて！」

と、愛は怒りに震える声で言った。

「愛さん……」

愛が激しく罵《ののし》るほど、瞳の心は冷えて行った。――愛が、どんどん別人になって行く気がした。

「ごめんなさい、愛さん。お役には立てません」

そう言って、瞳は通話を切った。

瞳はベッドにかけて話していたのだが、しばらくは立ち上ることもできなかった。

――愛さん。あんなにも情熱的に愛し合っていた愛さんが、今は……。

いつの間にか、瞳は泣いていた。

「――どうしたの？」

いつの間にかドアが開いて、なごみが立っていた。

「ごめんなさい」

瞳は涙を拭って、「起こしちゃった？」

「いいの。どうせ、杏里が目を覚ますころだから」

と、なごみは言った。「大丈夫？」

「ええ……。鼻水が……」

なごみが、ティッシュペーパーの箱を取って、瞳に渡した。

「ありがとう……」

瞳は鼻をかんで、「つい泣いちゃって……」

「あの人ね？　この間話してたこと？」

「ええ。――やっぱり、愛さん、普通じゃないわ」

「きっとそうなのね。仕方ないわ。自分で立ち直ってくれるしかない」

「そうなってほしい……」

瞳はそう言って、「爽香さんに言っといた方がいいかしら」

「そうね。でも、明日は仕事があるし、メールで入れておけば？」

「そうするわ」

「そして、電源を切っておいた方がいいわよ。またかかって来るかもしれない」

「そうね」

瞳は、今の様子をとりあえず短くメールで爽香に送った。

「あ、泣き出した」

杏里の泣き声がした。「お乳をあげなくちゃ」

「なごみさん、ありがとう」

「いいえ。おやすみ」

「おやすみなさい」

瞳がケータイの電源を切ろうとすると、爽香からかかって来た。

「もしもし」

「瞳ちゃん、大丈夫？」

「うん……。ちょっと泣いたけど」

愛とのやり取りについて話すと、

「それで良かったのよ」

と、爽香は言った。「偉かったわね、瞳ちゃん」

「ちっとも。『裏切った』って言われたときは辛かった」

「それはそうよね。でも、それはきっとクスリが言わせてること。本人だって、後で悔むわよ」

「そうかしら」

「そうであってほしいわ。もし、また何か言って来たら、いつでも連絡して」

「ごめんなさいね。爽香さんも忙しいのに」

「慣れてるわ」

と、爽香はちょっと笑って、「今度は私立探偵をやることになりそうよ」

「え？　何、それ？」

「殺人事件の謎を探る。服役している女性は本当に犯人なのか？　――TVドラマみたいでしょ？」

「本当だ。その話、ゆっくり聞かせて」

瞳は、ずいぶん胸が軽くなった。

「じゃ、おやすみなさい」

と、爽香に言って、息をつく。

それで良かった。――爽香がそう言ってくれたことで、瞳は救われた気がした。

愛することのすばらしさ、快感を教えてくれたのは三ツ橋愛だ。

それは瞳の世界を開き、広げてくれた。その恩人だった人が、変ってしまった。

悲しかったが、仕方ない。

他の人に、自分の思うようになってくれと望むことはできても、そうならなかったといって、恨むわけにはいかないのだ。

明りを消し、ベッドへ潜り込んで、瞳は、

「おやすみ、愛さん……」

と呟くと、目を閉じた。

13 旅の道

「この近くですね」

という久保坂あやめの声で、ウトウトしかけていた爽香は目を覚ました。

「――山の中？」

と、車の外へ目をやって、爽香は言った。

左右は深い木立ちが続いている。

「あと十分ほどで町に着きます」

ハンドルを握っているあやめは、運転の腕も確かである。

「今……午後の四時？」

「そうですね」

爽香は窓を少し開けた。入って来る風はひんやりと感じられる。

「目が覚めるわ」

と言って、爽香は欠伸すると、「ずっと運転させて悪いわね」

「運転、好きですから」

と、あやめは言った。

確かに、山道を辿っている車の走りには安定感があった。

「ご主人とドライブに行った？」

「何度か。でも、好きな場所はいくつか決っているので、ちょっと退屈でした」

亡くなった画家、堀口豊はあやめの夫だった。百歳の長寿を全うしたが、その晩年にはあやめと「第二の青春」を楽しんだ、と語っていた……。

爽香のケータイが鳴った。

「ここ、電波が。——もしもし？」

「杉原さんですか。〈K日報〉の笠原《かさはら》といいます」

山の中にしては、はっきり聞き取れる。

「この度はどうも。ご面倒なことを」

と、爽香は言った。

「今、どの辺ですか？」

「あと——十分くらい？」

と、あやめの方へ確かめて、「十分ほどで町に」

「じゃ、町の入口にドライバー向けのカフェがあるので、そこでお待ち下さい。一息入れられるのもいいタイミングでは？」

「そうします。笠原さんは？」

「少し遅れるかもしれませんが、たぶんそう長くお待たせすることはないと――」

と、向うが言いかけたときだった。

ハンドルを握ったあやめが、爽香のケータイに向って、いきなり、

「約束の時間は守りなさい！」

と、大声で言ったのである。「ちゃんと予定通り着いたでしょ！」

爽香もびっくりしたが、電話の向うはもっとびっくりしたのだろう。

「あの――どなたですか？」

と、上ずった声を出す。

「笠原大司《だいし》ね？　高校のころから、遅刻の常習犯だった」

「はあ。――もしかして……」

「久保坂あやめよ。クラスの風紀委員」

「君か！」

「分ったら、ちゃんとそのお店に、先に着いて私たちを迎えるのが礼儀よ」

「あやめちゃんにゃかなわない」

と、笠原は笑って、「よし！　一気にカフェまで走る！　心臓発作起したら責任取っ

てくれるか？」

「どうせ、デブになってるんでしょ」

「よく分るな」

「ちょっと待って！」

と、あやめが突然車のスピードを落とすと、「ここ……。そうだったのね」

爽香は、わけが分らず、

「あのね、私にも分るように——」

「後で説明します。笠原君、市役所は近い？」

「市役所？　うん、五分も歩けば」

「じゃ、市役所で待ってて」

「いいけど……」

「市長さんがいたら、呼んどいて」

「何だって？」

爽香が呆気に取られている内に、車は町の中へと入って行く。

「思い出したんです」

と、あやめは言った。「この町に来たことがあって。でも、町の名前もすっかり忘れてました」

ちょっとした商店街を抜けると、大分古びた建物に〈市役所〉の文字が、少し欠けているのが見えた。

正面に車を着けると、中から見るからに中年太りの男性が出て来て、

「やあ！　びっくりしたよ」

「こっちもよ」

と、あやめは言った。「市長さんはいる？」

「うん。今降りて来るって……」

ロビーへ入ると、すっかり頭の禿げたダブルのスーツの小柄な男がエレベーターから降りて来た。

「私に何か――」

「お久しぶりです」

と、あやめは言うと、ロビーの壁に飾られた風景画のそばへ行って立った。

爽香は目を見開いた。それは間違いなく堀口豊の絵だったのだ。

そして大きな絵のそばに、写真のパネルがあって、そこには堀口とあやめの二人と並んで、市長の姿も写っていた。まだ少し髪があった。

「これは！」

と、市長は声を上げて、「堀口先生の奥様でしたか！　いや、思いがけないことで」

と、あやめと握手した。

「ごていねいに弔電をいただいて」

「そうでした！　しかし百歳ですからな。この絵を買わせていただいて本当に良かったと思っとります」

「そうか……」

と、笠原がその様子を眺めて、「堀口さんが、この町を気に入られて、作品をずいぶん安価で売って下さったと……」

「ちゃんと、町の皆さんにご覧いただいていれば、それが何よりです」

と、あやめは言った。「市長さん、私、ちょっとこちらでお伺いしたいことがあって参りましたの」

「それはもう。何かお役に立てることがあれば、おっしゃって下さい」

市長は受付の女性に、「君、誰か、カメラを持って来いと言ってくれ！　ぜひ記念写真を撮らせていただきたいので」

「ええ、喜んで」

と、あやめは愛想よく言った。

市長が爽香に気付くと、

「こちらは――秘書の方ですか？」

「もうじき取り壊されるということだったよ」

と、笠原が言った。

「間に合って良かった」

と、あやめが言った。「ね、チーフ」

「誰も住んでないのね」

爽香は、その古ぼけたアパートを見て、「住んでる人に話を聞くってわけにはいかないわね」

と、首を振った。

「笠原君、何か分ったこと、ないの？」

と、あやめが訊いた。

「何しろうちは小さな地方紙だからね」

と、笠原は言った。「ただ、事件のあったとき、現場の隣の部屋に住んでた夫婦の、今の住所は調べられた」

「それはありがたいですね」

と、爽香は言って、「じゃ、現場の部屋へ入りましょうか」

今、服役している小川智子が、勤め先の〈M文具〉社長、馬渕勇一郎を殺したとされているアパートだ。

「二階です」

と、笠原はポケットから鍵を取り出した。

「鍵も快く貸してくれましたよ。堀口画伯の名は大したもんだ」

「利用できるものは利用しなくちゃ」

と、あやめは階段を上りながら言ったが、「――わっ！　怖いわね。大丈夫、この階段？」

足下で階段がミシミシと音をたて、しかも少し揺れたのである。

「人が住まなくなると、建物はすぐに傷んでしまうものよ」

爽香は、あやめの後からついて階段を上った。

「先に笠原君を上らせたのが間違いだったわね」

「体重かい？　でも、結構これでも走るのは速いんだぜ」

と、二階の廊下を進んで、「子供の運動会で、父親のリレーがあったんだ。アンカーだったんだぜ」

「へえ、何着？」

「二着」

と、ちょっと得意そうに言って、「ゴールインしたとたん、貧血で倒れたけど」

「無理しちゃいけませんよ。子供の運動会で、いいところを見せようとして、必死で走って発作を起した人もいますから」

と、爽香は言った。「今の小学校の運動会は、ですから父母参加は大体やめています」

「まあ確かに、狭い町でも、取材でカメラマンと一緒だと、ついタクシーを使っちゃうから。おかげでこの腹です」

笠原が、かなり出張ったお腹《なか》をポンと叩いた。「ここだ。〈203〉です」

見るからにちゃちな鍵が回って、ドアがきしみながら開く。

「お邪魔します」

爽香は一応そう声をかけて、部屋へ上った。

六畳一間に二畳ほどの板の間。

「そのときのまま？」

「ええ、そのはずです」

家具も安物で、おそらく中古のものを買ったのだと思われた。

「――チーフ、そこの畳の汚れが、たぶん――」

「血痕ね」

爽香はそばに膝をついて、じっと眺めた。

――小川智子が人を殺したとされる事件の真相を探ってほしい。

それが、〈K生命〉会長の小手長の頼みだった。もちろん、爽香は、

「それは警察の仕事です」

と、一旦は断ったのだが、すでに犯行を認めた女性が刑務所に入っているというのでは、何かよほどの新たな証拠や証言でもない限り、警察が再捜査する可能性はないだろう。

「真実を知りたい」

という小手長の願いを、爽香は無視できなかったのだ。

さらに、爽香がそのための休暇を取ろうと社長の田端の所へ行くと、

「小手長さんから話は聞いた」

と言われ、「休みを取っていいから、頼みを聞いてあげてくれ」

〈G興産〉としては、〈K生命〉からの仕事は大きくて、さらに「この先、三年間にわたる契約」を約束されては、爽香を貸し出さざるを得なかったのである。

——血痕らしい黒い汚れをそっと指で触ってみる。

その様子を見ていた笠原は、ちょっと笑った。あやめが気付いて、
と訊く。

「何がおかしいの？」

「いや、ごめん。おかしいってわけじゃないんだ」

と、笠原はあわてて言いわけした。「ただ、僕なんか、気味悪くて仕方ないのに、爽香さんは平気なんだ、と思って。本当に慣れてらっしゃるんですね」

爽香は苦笑して、

「シャーロック・ホームズじゃないので、探偵道具は持ち合せていません。これが血痕だとすると……」

爽香は、狭い台所に立った。包丁や茶碗もそのままだ。

「妙な点は二つですね」

と、爽香は言った。「通報した女性が誰なのか、分っていない。そしてもう一つは凶器が見付かっていない」

「そうですね。僕も改めて確認してみましたが、どちらも不明のままだそうです」

「おかしいですね」

と、あやめが言った。「智子さんが殺したと認めてるのに、どうして凶器のある場所が分らないの？」

「僕も訊いたけど、警察にとっちゃ、もう片付いた事件なんだ。忘れてしまいたいんだろう」

そのとき、爽香のケータイが鳴った。

「珠実ちゃんだわ。——どうしたの？」

珠実の顔を見ながら、「ちゃんと勉強してる？」

「お母さん、本当の仕事じゃないこと、してるんでしょ。私も、勉強以外のことしてもいいよね」

と、珠実が言い返す。

「もう、理屈ばっかり言って！」

爽香が苦笑していると、明男が代って、

「田端さんから電話があったんだ」

「社長から？」

「それで事情を聞いたんで、珠実が心配してる」

「そうなの。――でも、大丈夫よ。ここには強い味方がいるしね」

「今、どこにいるの？」

と、珠実が訊いた。

「ここは……アパートの部屋。事件と、ちょっと関係があってね」

「殺人現場？　そうなんでしょ」

「うん……。まあね。でも、ずっと前のことなのよ」

「お母さん、いつも危いことにのめり込むんだから、気を付けてよ」

あやめが聞いて笑っている。

「あやめさん、いるんだ」

と、珠実が言った。

「ええ、しっかりお母さんを守るわよ」

と、あやめが顔を出して手を振った。

「よろしくね。お母さん、無鉄砲だから」

「いい言葉を知ってるわね」

「ちょっと！　珠実ちゃん、二、三日で帰るからね」

「うん、分った。——ね、お母さんの後ろに見えるの、血の痕？」

「え？　ああ——たぶんね」

爽香が立って話していて、後ろに畳の上の血痕が写り込んでいたのだ。

「ねえ、お母さん。普通のお母さんだったら、子供にそういうものは見せないようにするよね」

爽香も、返す言葉がなかった。——通話が切れると、笠原が言った。

「いや、しっかりしたお子さんですね」

「まあ、何と言われても仕方ないんですけどね」

と、爽香は言ったが……。

もう一度血痕のそばにしゃがみ込むと、

「かなりの出血ね」

「チーフ、どうかしたんですか？」

「今、珠実ちゃんの言ったこと。――智子さんが逮捕されたとき、子供も一緒にいたはずよね。でも、この血痕を拭いたりしていなかった。もしかすると……」

爽香は、笠原へ、「お隣さんの話を聞きましょう」と言って、立ち上った。

14 トランク

日下は、今日も「届け物」を手に、駅の雑踏の中を歩いていた。

やや気は重い。——手にした荷物は重くなかったが、
どうなってるんだ？

もちろん、玲美に頼まれた「副業」をこなしていること自体に不満はない。玲美にとっては、大切な弟のために力になりたいと思うのは当然だし、そのために役に立てるなら、日下も嬉しい。

ホテルのバーで、日下は玲美の弟、水科卓にも会った。いかにも「切れる」感じの秀才タイプで、しかしそのことを鼻にかけるでもなく、日下のような平凡なサラリーマンを見下す風もなかった。

考え方によっては、ちょっと「出来過ぎた」印象でもあったが、姉思いの気持の現われかとも思えた。

今、日下が重い気持になっているのは、このところ玲美と二人きりで会えなくなって

いたせいだった。

この荷物を受け取るときや、先方に届けた報告をするときも、直《じか》に会うのは数分だけ。以前なら、一時間でも四十分でも、ホテルに入ったりしたものだが……。

あの卓の話でも、「今が大切な時期」なので、玲美も何かと忙しいのだろう。そう自分を納得させている日下だった。

「――この駅だよな」

ここを指定されるのは初めてだった。

都心から私鉄で二十分ほど。――各駅停車の電車しか停らない小さな駅だが、改札口を出ても、荷物を渡す相手が見当らない。

駅前で、どうしたものかと立っていると――。

いつの間に近付いていたのか、背後から数人の男にいきなりがっしりと体を取り押えられた。荷物はアッという間に奪われたが、それではすまなかった。

顔に押し当てられた布にしみ込ませた薬を吸い込むと、たちまち頭がボーッとして、気を失う。

一瞬、車にひき殺されそうになった記憶がよみがえる。――あのことを玲美に話したとき、玲美はもちろん心配してはくれたのだが、あまり驚いた様子でなかった。

日下はそれ以上訊かなかったが、裏にどんな事情があるのか、気になった。

また何か危い目にあうのかもしれない。

その予感が的中した。——気を失いかけた日下の頭に、呑気なようだが、そんな思いがチラッと浮んだ。


ドン。——ドン。

何の音だ？

スクールバスを運転しながら、明男はちょっと首をかしげた。

ずっと聞こえているわけではない。赤信号で停ると、聞こえてくる。

そう大きな音じゃないが、どこか近くで……。

赤信号で停る。——前を行く黒い乗用車は、一見ハイヤーのようだが、白ナンバーだった。

ドン、ドン。

「——あれか？」

前の車から聞こえて来ているのか。それなら、赤信号で停って近付く度に聞こえて来るのも分る。

でも、あれはまるで……。

「まさか！」

この前、前を走る車のおかげで大変な事故に係り合ってしまったのだ。それがまた？

「俺は爽香じゃないぞ」

と呟いたものの、長年一緒にいると、夫婦は似てくるとも言うし……。

ともかく、万一ということがある。

信号が変る前に、明男はケータイを手に取った。

「警察です」

と、きびきびした女性の声が伝わって来た。

「こちらは〈S学園小学校〉のスクールバスです。今、前を走っている黒い乗用車のトランクに、誰かが閉じこめられているようなんです」

「は？」

向うも面食らっている。

「中からトランクの蓋をけとばしている音がしています。勘違いならいいんですが、調べてみて下さい」

信号が青になって、車が走り出す。明男は現在地と前の車のナンバーを告げた。

少し行くと、降ろす生徒がいる。スクールバスを路肩へ寄せて停めた。

「さよなら！」

「さよなら。また明日ね」

と、明男は言って、迎えに来ていた母親と会釈を交わした。

その間に、前の車は見えなくなっていた。

この先、スクールバスは左折して住宅地に入って行く。あの車と出会うことはもうないと思われた。

仕方ない。後は警察に任せるだけだ。

明男はハンドルを切った。


車の中は、大ヴォリュームでロックが鳴って、飽和状態だった。

「おい、少しヴォリューム、下げろ」

と、ハンドルを握った男が言ったが、助手席の男にはまるで聞こえていなかった。

「よく耳がおかしくならねえな」

と、運転している男は、感心した。

すると——サイレンがかすかに聞こえたと思うと、車の前に白バイが入って来て、停るように合図した。

車を停めて、

「おい、音楽を止めろ!」

「何だよ。どうして停ったんだ?」

と言いながら、目の前の白バイに気付いた。

「――何でしょうか？　スピード出し過ぎてましたか」

と、窓を下ろして訊く。

「トランクを開けて」

と、傍へ来た警官が言った。

「どうかしました？　荷物がちょっと――」

「早く開けて下さい」

「分りました」

トランクがカタッと音をたてる。

警官が車の後ろへ回ると、

「おい！　大丈夫か！」

と、手足をビニールテープでグルグル巻きにされ、口にもテープを貼られた男をトランクから引張り出す。

「おい、まずいぞ」

「分ってる。行くぞ」

車は急発進した。――追いかけては来ないだろう。しかし、車は手配される。

「どうするんだ？」

助手席の男は今ごろになって青ざめている。「これって誘拐になるのか？」

「他に何て言うんだ」

と、運転している男は、「どこかで車を捨てるぞ」

「ああ……」

住宅地の、空地を利用した駐車場に車を停めると、二人は車を降りた。

「どうする？」

「待て」

焦りが声音ににじんでいた。

ケータイで連絡すると、

「――すみません。――ええ、もちろん。それで車は……」

しばらく向うの話に耳を傾けていたが、

「――承知してます」

通話を切ると、「車に忘れ物はないか」

「ああ。車をどうする？」

「燃やす」

その声は、ちょっと震えていた。

「ええ、あのときはえらい騒ぎでしたね」

エプロンが汚れているのに気が付いて、その主婦はあわてて外すと、「何もなくて、お茶でも――」

「お構いなく」

と、爽香は言った。「ご主人はお勤めですか」

「ガードマンって言えば聞こえはいいんですがね」

と、奥さんは苦笑して、「ただの店番ですよ」

「どちらで？」

「ゲームセンターです。以前は若い子ばっかりが集まってたんです。それで主人はいつも腹を立てて、『学校にも行かねえで、遊びに来てるのがいくらもいるんだ！』って、客に説教して嫌われてたらしいです」

村山《むらやま》という家だった。妻は幸子《さちこ》といった。

「子供だって、店にとっちゃお客ですものね。主人も危うくクビになりそうに……。私が平謝りに謝って、何とかクビがつながったんです。――ところが、この一年くらい、ゲームセンターの客に、自分と同じくらいの、定年過ぎて暇になった人が増えたそうでね。主人も文句つけられなくなっちまったんですよ」

あのアパートよりは大分「出世」した一軒家である。

「まあ、どうぞ」

と、居間のソファを勧めて、「せめてコーヒーでもいれますわ。いかが？」

「いただきます」

ここの主婦、村山幸子が、この一軒家を自慢したくてたまらない、という気持が伝わって来たからだ。

しかし、着ている物は、エプロンに限らずくたびれている。

建て売りとはいえ、中古ではないらしい。

安くはなかっただろう。

「まあ、どうぞ」

出されたコーヒーは、あの〈ラ・ボエーム〉に比べたら、黒い液体に過ぎなかったが――。

「素敵なコーヒーカップですね」

と、爽香が言うと、幸子は嬉しそうに、

「いい色でしょ？　オーストラリアの何とかいう……」

「アウガルテンでしょ、オーストリアの」

「そうそう！　それでも、揃えで買って、持って帰ってみたら、一つ欠けてたんです！

電話して文句言ってやりたかったけど、オーストリアってドイツ語でしょ？　諦めました」

どうも妙だ。あのボロアパートから、この一軒家。しかも、夫のガードマン暮しにとってはかなりの出費だ。

「事件の晩のことを」

と、爽香は言った。

「ねえ、恐ろしいことでしたね」

と、大げさに震えて見せる。

「何か聞きましたか？　争う音とか声とか……」

「いえ、何も」

と、即座に言った。「静かでしたよ。それが却って不気味です」

「それは分りますが——。男の人が刺されたら、少しは暴れたり怒鳴ったりするものでしょう」

「ああ……。でも何も聞こえてません」

「そうですか。でも——刃物は見付かっていない。ご存じですね」

「そんな記事を読んだわ」

「お心当りは？」

「ありませんね」

「お隣に包丁を借りるとかいうこともありませんでしたか?」

「包丁なんて一つありゃ充分に——」

「——充分に?」

「いえ……充分今のところは……」

緊張して混乱している、と爽香には見えた。

おそらく、どこかからお金が出ていて、それでこの家を買った。

「村山さん」

と、爽香は幸子をじっと正面から見て言った。「その間、隣のお子さんはどうしていました?」

「え?」

「普通なら泣きますよね。でも少しも聞こえていない」

「それは……」

と、幸子は詰った。

「どうか本当のことを話して下さい」

と、爽香は身をのり出した。

15　隠しごと

村山幸子は明らかにうろたえていた。

「そんな……そんな細かいこと、憶えていませんね。昔のことですし」

と、肩をすくめて見せる。

「昔というほど前のことではないと思いますけど」

と、爽香は言った。

そのとき、玄関のドアが勢いよく開く音がして、

「おい！　誰が来てるんだ！」

と、大声で言いながら、作業服姿の小太りな男がドカドカと入って来た。

「あなた。――主人ですの。あの……」

「こいつらは何だ？」

と、村山は爽香たちをにらみつけると、「どこの者だ？　警官なのか？」

「そういうわけじゃ――」

と、笠原が言った。「僕は〈K日報〉の記者です。二年前の事件のことを調べてまして——」

「もう済んじまったことじゃないか！　いいか、俺は何も答える気はない。女房もだ！分ったら帰ってくれ！」

まくし立てるような村山の口調には、苛立《いらだ》ちがもろに見えていた。

「——失礼しました」

と、あやめが言った。「市長さんから取材の許可はいただいています」

「市長？　あいつが何だ！」

八つ当りである。爽香は立ち上って、

「もう失礼するところでした」

と言った。「奥さん、コーヒーをごちそうさまでした」

「いえ、どうも……」

「すてきなカップを大事になさって下さいね」

「ええ、ありがとうございます」

爽香たちが玄関を出るとき、村山が、

「あんな奴らにコーヒーなんか出さなくていい！」

と怒鳴っているのが聞こえて来た。

しかし、幸子の方も負けていない。

「あの方はコーヒーカップがオーストリアの物だって、一目で分ったのよ。あんたなんかどこのバケツで飲んだって同じよ」

外へ出て、笠原は苦笑した。

「しかし、うまいタイミングで帰って来たもんだな」

「もちろん偶然じゃない」

と、爽香は言った。「警察の人じゃないかしら、知らせたのは」

「どうしてです？」

「もう結着した事件を掘り返されることは、警察にとって一番面白くないことよ」

「ああ、なるほど。それはそうかもしれませんね」

と、笠原は肯いて、「しかし、あの調子じゃ、話を聞くのは難しいでしょう」

「そうね。でも――話を聞かなくても分ることがあるわ」

爽香は足を止めて、村山の家を振り返った。

「あの家を買ったお金が、どこから出たのか、ですね」

と、あやめが言った。「おまけにオーストリア旅行？　あの旦那の稼ぎじゃ、とても無理ですよ」

「待てよ」

と、笠原が思い出したように、「確か一、二年前に、市長はオーストリアを訪問してます。ウィーンで会議があったとかで。もしかすると……」

「そうすると、あの夫婦は何か知っているということになりますね。でも……」

「あやめちゃん」

と、爽香は言った。「今の部屋のカーテンに気が付いた？」

「カーテンですか？」

あやめは考え込んで、「何だか……グリーンの、柄のあるカーテンだったような……」

「そう。グリーンの地に、雪の結晶みたいな柄だったわね」

「それが何か？」

「同じ柄のカーテンを見なかった？」

「え……。どうだろう……」

と、あやめは首をひねった。

「殺人現場のアパートよ」

「え？　そうでしたっけ？」

「もちろん、あのアパートのカーテンは、古くなって色も黒ずんで汚れてたし、白い模様も破れかけたりしてたけど、でも、新しければ、グリーンの地に結晶の模様だった。もちろん、こっちの家の居間の方が高級な布地でしょうけど」

「でも……それってどういう……」

「小川智子さんのアパートと、村山家の居間がたまたま同じ色柄のカーテンだった？　妙なことでしょ」

「そんなことが……」

「考えたんだけど」

と、爽香は言った。「殺人の現場になったのは、小川智子さんの部屋でなく、村山幸子の部屋だったんじゃないかしら」

「え？　それじゃ、村山って、お隣じゃなくて――」

「小川智子さんの方がお隣だったとしたら？」

あやめと笠原は、しばし言葉を失って立ち尽くしていた……。


「そうですか。それは良かった。――いえ、たまたまのことですよ。――はあ。よろしくお伝え下さい」

明男はケータイの通話を切ると、食卓に戻って行った。

「お父さん、誰からの電話だったの？」

と訊いたのは、むろん珠実である。

「うん、警察の人からだ」

「へえ。お父さん、セクハラでもやったの？」

「そんなわけないだろ」

と、明男はちょっと珠実をにらんで、「人助けしたんだ。それでお礼の電話だったのさ」

「ふーん」

「何だ？」

「お母さんもよくそう言ってるけど、たいてい自分が危い目にあってるよ」

そう言われると、明男も反論できない。

「ほら、また電話だよ」

明男のケータイが鳴っていた。

仕方なく立って、出てみると、

「あの……杉原さんですか」

と、どこか力のない男の声。

「そうですが……」

「私、日下と申します。杉原さんが気付いて下さったおかげで助かりました」

「ああ、それじゃ、あなたが車のトランクに？　いや、無事で良かったですね。僕はたまたま気が付いただけで」

「通報していただかなかったら、今ごろどうなっていたか……」

と、涙ぐんでいる様子。

「ともかく、ご無事で何よりでした。犯人は捕まったんですか？」

「いえ、それが逃走したようで。近くで車を乗り捨てて、火をつけたらしいです」

「火を？　車を燃やしたんですか？」

「そうらしいです。一体誰なのか、見当もつきません」

「つまり――あんな目にあう覚えはないということですね？」

「もちろんです！　私は平凡なサラリーマンなんです。誘拐されるなんて全く……」

「災難でしたね」

「本当に。あんな恐ろしい思いをしたのは、生れて初めてです。もう生きた心地もしなくて……」

「分ります。お力になれて幸いでした」

「ありがとうございました……。こんなにいい方が世の中にいらっしゃると思うと……」

どうやら泣いているらしい。

「ともかく、犯人が早く捕まるといいですね。充分に用心して過して下さい」

「暖いお言葉を……。嬉しいです……」

「日下さん、でしたか。まあ……何かお力になれそうなことがありましたら、またお電話下さい」

 つい、余計なことと思いながら言ってしまった。

「何とお礼を申し上げたらいいか……。人を信じられなくなっていたんです。でも、杉原さんのようないい方に出会えて……」

人を信じられなくなっていた？　ということは、誰かが自分を裏切っていると思ったのだろう。

その後も、日下は何度も感謝の言葉をくり返して、やっと通話を切った。

「──お父さん、おかずが冷めてるよ」

と、珠実が言った。「今度は誰から？」

「お父さんが命を救ってあげた人だよ。車のトランクに入れられてたんだ」

明男の話を聞いて、珠実は、

「──それじゃ、身代金目当てじゃないみたいだね」

と言った。「その人、きっと思い当ることがあるんだよ」

「ああ。『人を信じられなくなった』と言ってたからな」

「女だね。恋人に裏切られたんじゃない？」

「そんなこと、いいんだ。さ、食べちまおう」

「私、もう食べ終った」

珠実はアッサリ言って、「早く食べて。茶碗洗うんだから」

明男は、あわててはしと茶碗を手に取った……。


人違い。

日下が思い付いた唯一の言いわけは、

「誰か他の人と間違えられた」

ということだった。

「きっとそうなんです。ええ、他には考えられません」

と、くり返す日下に、話を聞いていた刑事はうんざりした様子で、

「しかしですね、薬をかがされ、気を失ったあなたを縛り上げて車のトランクに入れるなんて、その辺の不良がやることじゃないですよ。人違いなんて――」

「だって、きっとそうに違いないんです。私なんか誘拐したって、何の得にもならないんですから」

これほど「自分には値打ちがない」と主張する被害者も珍しいだろう。

「でも、襲われたとき、駅前には他に人はいなかったんでしょう？　間違えますかね？」

と、刑事は言った。

「きっと二人とも目が悪かったんです」

「あなたね、警察を馬鹿にしてるんですか？」

「いえ、とんでもない！」

刑事はため息をついて、

「あなたがそう言い張るのなら仕方ない。しかし、犯人たちが、またあなたを狙って来るかもしれませんよ。大丈夫なんですか？」

刑事のデスクの電話が鳴った。——日下はクシャクシャになったハンカチで汗を拭いていた。

事件は、すでに知られていた。白バイの警官が、車のトランクから縛られた日下を助け出すところを、通りかかった車のドライバーがスマホで撮ってネットに流していたのである。

今や日下は、名前は知られていないが、ネット上では「有名人」だった。

「日下さん」

と、刑事が呼んだ。「あなたに電話ですよ。水科とかいう女の人から」

日下は一瞬、

「そんな人は——」

知りません、と言おうとしたが、思い直した。

立って行って、受話器を受け取ると、

「――もしもし」

「日下君？　今、弟から電話で、ネットに出てるのがあなたみたいだって……」

「ああ、そうなんだ」

「何てことでしょ！　今は？　何ともないの？」

「うん、大丈夫だよ。別にけがもしてないし。縛られた手首がちょっと痛いけど」

「ケータイにかけても出ないから、警察に訊いてかけたの。ね、迎えに行くから」

「いや、大丈夫。自分で帰れるよ」

「そんなこと言わないで。ひどい目にあったんだから、体を休めないと」

「ありがとう。でも本当に大丈夫なんだ。会社にも顔を出さないと。騒ぎになってるかもしれないしね」

と、日下はちょっと笑って、「もっとも、僕のことなんか、誰も気にしてないかも。それも寂しいね」

「日下君……」

「ただね、荷物は持ってかれちゃったんだ。ごめんね」

「そんなこといいのよ。ね、本当に――」

「今、警察の人から色々訊かれてるんだ。じゃ、またね」

日下の方で、電話を切った。それは珍しいことだった。

「――すみませんでした」

と、席に戻った日下へ、刑事は訊いた。

「今のはあなたの彼女？」

「え？　あ……。そんなわけでも……。昔の知り合いで、たまたま再会した人なんです」

「荷物がどうとか言ってたけど、それはあなたをさらった連中が持って行ったんですか？」

「ええ、まあ……。大したものじゃなかったんです。ただ、ちょっと頼まれて預かっていただけで……」

「その荷物が目当てだったんじゃないですか？　今の女性、水科といいましたね。どういう人ですか？」

「ですから昔の――」

「いや、今は何をしてる人ですか？　フルネームは？」

日下は口をつぐんで、うつむいてしまった……。

16　裏　側

「確かに、警察はそう発表してますね」

と、笠原が言った。

「犯行は、小川智子の自宅で、ということ?」

「ええ。当時の記事には『アパートの自室で』とあります」

「〈203〉号室とは書いてある?」

「ありません。それにアパートの名前も入ってない。ただ『アパート』とあるだけです」

「たぶん、間違いなく、馬渕勇一郎は村山夫婦の部屋で殺されたんだわ」

と、爽香は言った。

「そして、〈203〉号室を自分の部屋だと……。どうして罪を認めてしまったんでしょうね」

と、あやめが言った。

――爽香たちは、笠原の勤めている〈K日報〉のオフィスに来ていた。

「それは、小川智子に直接訊かなくちゃ、分らないわね」

「面会できますかね？」

「今、布子先生が問い合せてくれているわ」

三人は、社内の隅の応接セットで話していた。何といっても小さな地方紙。オフィスは、ちょっと大きな地震でも来たら、潰れてしまいそうだ。

「――はい、どうぞ」

と、三人にお茶を出してくれた女性がいる。

「やあ、悪いね」

と、笠原は言った。

「お客様なら、自分でお茶ぐらい出しなさい」

と、その女性は笠原に言い聞かせた。

「そうだった！　ごめん」

と、笠原は頭を叩いて、「僕の同僚の松崎圭子《まつざきけいこ》君。僕より若いけど、やり手でね」

「どうも」

爽香は出してもらったお茶を飲んで、「おいしいわ。いい葉を使っておいでですね」

「分って下さって嬉しいです」

と、松崎圭子は言った。「うちの社の男どもと来たら、何を飲ませたって分りゃしないんですから」

「おい……」

「お話がちょっと聞こえてましたけど」

と、松崎圭子も座り込んで、「〈M文具〉の社長が殺された事件のことを調べてらっしゃるんですか?」

「ええ、少しわけがあって」

と、あやめが言った。「何かご存じのことが?」

「あれは――二年前よね?」

「うん、そうだな」

「何だか不自然だと思ったのを憶えてる」

と、圭子は言った。「犯行をすぐ認めたのが、そんなこと、しそうもない女性だったから」

「見た目じゃ分らないだろ」

「そこが男の浅知恵よ。自分こそ『見た目』にごまかされるのに。まあ、笠原君だって、あの女性のことは――」

「僕は何も……」

と、笠原が口ごもる。

「どう言ったの？」

と、あやめが笠原をちょっとにらむ。

「いや……とても弱々しくて可憐《かれん》に見えたんでね。まさか、そんな人が人を殺すわけがない、と」

「私は見た目じゃなくて、馬渕さんが抵抗もせずに女性に刺し殺されたのは妙だと思ったの。それに、彼女はカッとなって男を殺すってタイプじゃなかったわ」

「それと、一つ気になったんですけどね」

と、爽香が言った。「社長さんが殺されて、〈M文具〉は廃業してしまったそうですけど、どうしてそんなことに？　誰かが後を継げばいいことじゃありませんか」

「そう。社員も百人近くいたしね」

と、圭子が肯いて、「うちの新聞でも、その問題を取り上げたかったんですけど」

そのとき、笠原のケータイが鳴って、

「うちからだ。ちょっとごめん」

笠原が席を立って、「――もしもし。――ああ、どうした？」

と話しながらオフィスを出て行った。

少し間を置いて、圭子が言った。

「何しろ、小さな新聞社ですからね。広告主が気を悪くするようなことは書けないんですよ」

「じゃ、〈M文具〉の件も？」

「ええ。私たち下っ端は分りませんけど、上の方に話があったんじゃないですか。記事まで書いて、朝刊を刷る直前になって、ストップがかかり……。社会面のトップ記事が、野良猫と一人住いのおばあさんの触れ合いのエピソードに差しかえられたんです。あれはみっともなかったわ」

「社長さんが殺されたことと、廃業したことと、何か関係が？　ただ経営難だったからですか？」

「もちろん、大儲《もう》けはしてなかったでしょうけどね。でも、それまでは人も減らしてなかったし、給料もちゃんと払ってたし。――みんなびっくりして……。この小さな町で百人が失業したら大ごとですもの」

「それはそうですね」

「きっと、奥さんがもうやる気なかったんでしょうね」

「奥さんが副社長？」

「ええ、睦子《むつこ》さんといって、馬渕さんとは三十近くも年齢が離れてたんです。三十五、六だったかな。派手好きな人で、イベントの類には喜んで出てましたけど、会社にはめったに行ってなかったそうですよ」

「それで、会社を放り出しちゃったと……」

「この辺の山をいくつも持ってて、お金はありましたからね。あちこち別荘があって、今はどこで暮してるのか」

あやめが、ちょっと考え込んで、

「ちょっと待って下さい。あの絵を市役所に納めるとき、パーティがあって……」

「あの絵？」

圭子は、あやめが堀口豊の妻だったと聞いて目を丸くした。「――まあ！　あのパーティには残念ながらうちからは社長しか出てませんでした。カメラマンが写真は撮ってましたけどね」

笠原が戻って来た。ひどくあわてている。

「杉原さん、すみません。ちょっと――事故があって、息子がけがを……」

「まあ、大変。どうぞ行って。構いませんから」

「すみません。もし――あの、お泊りになるなら、隣町のホテルの方がましです」

「どうも」

「じゃ――失礼」

笠原がせかせかと行ってしまうと、

「何だか変だわね」

と、あやめが言った。「昔から、嘘をつくのが下手だった」

「何か事情がありそうね」

と、爽香は言った。「あやめちゃん、そのパーティで、馬渕社長の奥さんを見かけたの？」

「確かそうだったと思います。一人、凄く派手なドレスの人がいて……」

「睦子さんが出席しないわけがありませんね。ことに、あれって市長の望月《もちづき》さんの主催だったでしょ」

「市長さんが――」

と、圭子は言った。

「睦子さんは望月市長の娘さんですもの」

爽香とあやめは顔を見合せた。

「――ということは」

と、あやめが言った。「私たちがここへ来た理由を、馬渕さんの奥さんが知ってるってことですね」

「何だか……いやな予感がする」

と、爽香はため息をついた。「その隣町のましなホテルってお分りですか？」

「ええ、ちゃんとしたホテルは一軒しか」

「じゃ、今日はちょっと疲れたわ。一旦そのホテルに入って休みましょ」

と、爽香は言った。「後はまた明日に」

「じゃ、ホテルへ電話を入れときますわ」

と、圭子が言って、メモした紙をあやめに渡した。「道はその通りで簡単ですから」

「ありがとうございます」

と、爽香は礼を言って、立ち上った。


駅前のそのホテルは、七階建の、大きくはないが、新しい作りだった。

車を正面につけると、爽香は、

「トランクのスーツケースはそのままにして」

と言った。「チェックインしたら、近所に出かける」

「はあ……」

二人がフロントに行くと、松崎圭子から連絡が入っていて、すぐにチェックインできたが、

「これから、ちょっと出かけるので、ルームキーは後でいただきます」

と、爽香は言って、あやめを促して表の車に戻った。

「どこへ行くんですか？」

と、あやめがハンドルを握って訊く。

「ともかく出して」

駅前のロータリーへ車を入れると、

「さっき、遠くに高速が見えたわね」

「ええ、この先にインターチェンジが」

「そっちへ向って」

あやめは、わけが分らないままに、車を走らせた。望月市長の町よりは大きいが、十五分も走ると、もう町から出てしまう。

「チーフ、どっちへ……」

「高速の出口近くには、たいていホテルがあるでしょ」

「デート用のですね」

「そのどこかに泊りましょ」

「え？　でも——」

「大丈夫。あやめちゃんを誘惑しようというんじゃないわよ」

「分ってますけど……。じゃ、チェックインしたホテルには——」

「泊らない。もったいないけど」

あやめは車を脇道へ入れながら、

「何かあると思ってるんですね」

「どう思う？」

「笠原君の態度は明らかに変でした。私たちがあの町へ行った理由は、市長から当然馬渕社長の奥さんに伝わってますね」

「二年前の事件を掘り返してほしくない人がいても、おかしくない」

「それでホテルを変えるんですね」

「チェックインしておいて、ホテルに戻って来ない。車も荷物もないと分れば……」

「きっと東京に帰ったと思いますね」

「たぶんね。夜中にでも、あの記者さんから連絡が入るかもしれないわ」

「息子さんがけがしたっていうのは嘘だったんですね、きっと」

「あの人に迷惑はかけたくない。私たちだけで動きましょう」

「でも、町の詳しいことは……」

「もちろん、手助けが必要なことはあるでしょう。でも——」

「じゃ、笠原君が息子さんのことを言ったのは……」

「あやめちゃんの言う事は分るわ。もちろんそんなことであってほしくないけど」

「——この先にホテルが」

と、あやめは言って、車のスピードを上げた……。

日下は、疲れ切った足取りで、アパートまで辿り着いた。

もう辺りはすっかり暗くなっている。

「そうか……」

帰っても、食べるものは何もない。どこかで食べて来れば良かった……。

そうだな……。近くでラーメンでも食って来るか。

日下は来た道を戻りかけた。

すると、

「日下君！」

と、声がして、暗がりの中から駆け出して来たのは、水科玲美だった。

日下は反射的に、逃げ出しそうにしたが、

「待って！　行かないで！」

と叫ぶように言うと、玲美は日下に追いついて、彼の腕をしっかりつかんだ。

「逃げないで。ずっと待ってたのよ」

「あの……疲れてるんだ、僕」

と、日下は言った。「腹もへってるし。ラーメン食べてから帰って寝ようと――」

「ええ、分ったわ。でも、もうちょっとましなものを食べましょうよ。ね？」

日下は首を振って、

「いや、ラーメンでいいんだ」

と言った。「高級なフランス料理とか、そんなもの、しょせん僕にはふさわしくないんだよ」

「そんなこと……。いいわ。じゃ、私も付合う」

「どうして？　君にゃ、もっといい店がお似合さ」

「どうしてそんなこと言うの？　あなたのことが心配で、こうしてずっと待っていたのに」

日下は初めて玲美を正面から見ると、

「心配しなくていいよ」

と言った。「もちろん、色々刑事さんに訊かれたけど、僕は何も言わなかった。荷物のことも、君のことも。――何かの間違いだと言い張った」

「日下君……」

「だから安心していいよ。僕の姿はネットで流れてるんだね。今はまだ『どこかの哀れな奴』としか分ってないかもしれないけど、君の弟さんみたいに、僕を見分ける人がその内、出て来て、名前も知れるだろう」

「お願いよ——」

「だから、心配しなくていい。何かの間違いで車のトランクに入れられた馬鹿な男、ってだけで終りだ。君とは関係ない。それじゃ」

日下は玲美の手を振り切るようにして、よろけながら夜道を走り出した。

17　破　綻

「冗談みたいな客室ですね」

と、久保坂あやめは笑って、「今どき、こんな遊園地みたいなホテル……」

「本当ね。でも、お風呂が大きいのは嬉しいわ」

爽香とあやめは、インターチェンジに近いホテルに入った。派手なネオンを裸の男が持ち上げている、恋人たちのホテルである。

あの市内のホテルでは行動を把握されてしまう恐れがあった。市長の望月が事件に絡んでいるとしたら……。

用心して、チェックイン済みのホテルには泊らずに、この派手なホテルに入ったのである。

円形のお風呂は三人ぐらいたっぷり入れる大きさで、爽香は思い切り手足を伸して湯に浸った。

それにしても、これからどうするか？

何かからくりが隠されているように思えるが、爽香とあやめの力だけでは、調べるといっても限度がある。

「お先に」

お風呂を出て、ちょっと気恥ずかしくなるような、ピンクのガウンをはおる。

ケータイが鳴った。

「布子先生だわ。――もしもし」

「爽香さん、どう、そっちは？」

と、河村布子は言った。

「どうもややこしいことになってるようで」

「ごめんなさいね、いつも厄介なことばっかりで」

「いえ、それより――」

「あのね、面会の許可が下りたの！」

と、布子は弾んだ声で言った。「小川智子さんに会えるわ」

「それは良かったですね。やはり直接お会いしないと、埒《らち》が明きません。智子さんのお話を聞いて来て下さい」

「それで……申し訳ないんだけど、爽香さん、一緒に行ってくれない？」

「え？　私が行っていいんですか？」

「弁護士さんが、そこの刑務所長を知ってるらしくて。それに智子さんは模範囚という
ことがあって、二人で構わないって」

「ぜひ伺いたいですね。刑務所へ入った後のことを、智子さんがどの程度ご存じなの
か」

「ありがとう！　爽香さんが来てくれないと、話が整理つかなくなりそう」

「で、面会はいつの予定ですか？」

ちょっと妙な間があって、

「――明日なの」

と、布子がすまなそうに言った。

「明日！　時間も決まってるんですか？」

「午後三時ということで。今、あなた、どこにいるの？」

「あ……。ええと……」

爽香は、どう言ったものか迷ったが、「それで、刑務所ってどこなんですか？」

と、一番肝心なことを訊いた。


玄関の鍵が開いている。

マンションに戻って来た水科玲美は、ちょっと不安になって、そっとドアを開けた。

男物の靴が引っくり返っている。ホッと息をつくと、玄関を上って、居間を覗いた。ソファで眠りこけているのは弟の卓だった。玄関の靴で分っていたが、玲美はちょっと眉をひそめた。

アルコールの匂いが鼻をついた。卓が相当ひどく酔っ払って来たのだろう。

「――卓。起きてよ」

と、ちょっと揺《ゆす》ってみたが、目を覚ます気配はない。

この酔い方では、しばらく目を覚まさないだろう。

仕方なく、玲美は着替えて、風呂に入ることにした。

バスタブに湯を入れている間に、冷蔵庫から残り物のサンドイッチを取り出し、電子レンジで温めて食べた。

ザッと入浴して、バスローブをはおって出てみると、卓がソファに起き上っていた。

「姉さん、帰ったの？」

と、半分眠っているような声を出す。

「何よ、酔い潰れて」

と、玲美は言った。「どこにいたの？　連絡したのに」

「色々あってね」

と、卓は大きな欠伸をして、「姉さんの彼氏のおかげでさ」

「日下君のこと？　どうなってるの？　あんな目にあうなんて、普通じゃ考えられないじゃないの」

「今は勘弁してよ。頭が痛いんだ。本物の頭痛だよ」

卓は立ち上ると、頭を振って、「あいつに会った？」

「日下君のことね。会ったけど、話はできなかったわ。でも、警察には何も言ってないって。きっと本当のことよ」

「あの動画が話題になってるものね。また、うまく撮った奴がいたもんだ」

玲美は弟をじっと見て、

「卓、あんたは係ってたの？　日下君をあんなひどい目に――」

「暴力は嫌いだよ。まさか、あんなことやるとは思わなかったんだ」

玲美は、その卓の言葉をどう考えていいのか分らなかった。

「――卓、本当のことを話してちょうだい」

と、台所へ行く卓へ声をかけた。

「何か食うもん、ないかな？　冷凍のピザとか……」

「冷凍庫に何かあるでしょ。ね、卓――」

「別に殺されたわけじゃないだろ」

卓は気軽に言い捨てると、冷凍庫から冷凍のピラフを取り出して、「これ、どうするんだっけ」

「貸して」

玲美は電子レンジをセットしてスイッチを押すと、「――卓。姉さんに嘘つくのはやめて。私はあんたの言うことを信用してやって来たのよ。日下君のことだって、決していい気持はしなかったわ。騙してるのが可哀《かわい》そうだった。でも、あんたのためだと思って――」

「信用する方が、どうかしてるだろ」

と、卓は居間のソファに寝そべって、「姉さんのことじゃないよ。日下のことさ。姉さんに惚《ほ》れられるなんて、誰がどう考えたって無理さ」

「そんなひどいこと……」

「ちゃんとバイト代は払ったんだから、文句言われる筋合はないだろ」

「縛られて車のトランクに入れられても？」

「その分のバイト代、少し割増して払ったら？」

「卓」

玲美は向いのソファに座って、真直ぐに弟を見つめると、「何もかも、何もかも嘘だったのね。そうなんでしょ。〈N自動車〉の新車のデザインに採用された、ってことも」

卓はちょっと笑って、

「あんな大手のメーカーが、僕みたいな無名のデザイナーのプランなんか、採用するわけないじゃないか」

と言った。

玲美も、冷静に考えたとき、卓の話を信じていいのかと疑問に思った。しかし、正面切って卓に訊くのは怖かったのだ。

心のどこかで、「弟がそんな嘘をつくわけがない」と思いたがっている自分がいた。

「じゃ、一体何を考えてたの？」

「単純だよ。金儲けさ」

と、卓はアッサリと言った。

「それって――」

「金がなきゃ何もできない。そうだろ？　姉さんだって、死んだ旦那の生命保険がなきゃ、今ごろ干上ってるよ」

「お金儲けが悪いとは言わないわ。でも、問題はやり方でしょ。一体何をするつもりなの？」

電子レンジが音をたてて、卓は、

「腹へってるんだ！　話は食ってからにして」

と、台所へ立って行った。

玲美はため息をつくと、寝室へ行って服を着た。パジャマにしようかと思ったが、卓の話をしっかり受け止めるには、ちゃんと服を着なくてはと思ったのだ。

寝室を出ると、卓はもうほとんどピラフを食べ終っていた。

「生き返ったよ」

と、お茶をガブ飲みして、「姉さん、今保険金はどれくらい残ってるの？」

「何ですって？」

「まとまった金が——。おっと」

卓は、自分のケータイが鳴って、急いで居間へ戻った。

「——ああ。どうなった？　——何だよ、それ？　——ちょっと待ってくれ」

卓の声が急に変った。玲美に背を向けて、

「それは話がついてるって……。な、待ってくれよ。——今？　分った。すぐ下りて行くよ」

「卓……」

卓はケータイを手にしたまま、

「出て来る」

「どこに行くの？　誰からの電話？」

卓は答えずに玄関から出て行った。

あの卓の表情が気になった。いつも「いい加減にやっときゃ何とかなる」とうそぶいているときとは全く違った。何かまずいことが起ったのだ。

しかし——玲美は待つしかなかった。

日下には夫と別れたと言ったが、本当は死別していた。四年前、夫は突然の脳出血で倒れ、そのまま亡くなった。

確かに、卓の言った通り、夫の生命保険がかなりの額で、玲美は生活に困ることはなかった。

といって、金は使い始めればアッという間に消えてしまう。今度も卓のために、ずいぶんお金を出していた。

これ以上は……。そう、何もかも卓から説明を聞かなければ。一体何を考えているのだろう？

「すぐ下りて行く」と言っていたから、相手はこの近くにいたのだろう。でも——三十分たっても、戻らない。

少しためらってから、卓のケータイにかけてみたが、出ない。——焦っても仕方ない、と思ったものの、あの卓の、どこか追い詰められているような表情に不安はつのった。

玄関のドア越しに、エレベーターの停る音が聞こえた。卓が戻って来たのかしら？

しかし——次の瞬間、聞こえて来たのは、女の悲鳴だった。

「誰か！　誰か来て！」

上ずった叫び声。玲美は急いでサンダルをはいて、ドアを開けた。

廊下を、エレベーターの方から駆けて来たのは、隣の部屋の奥さんだった。

「どうしたんですか？」

真青になっているその奥さんに玲美は訊いた。

「あの……血だらけの人が……エレベーターに……」

その震える声を聞くと、玲美はエレベーターへと走って行った。――エレベーターの扉が閉じかけて、また開いた。

卓が倒れていて、扉が閉まらないのだ。

「卓！」

玲美は服が血に染った弟の体をエレベーターから引張り出した。

卓が呻きながら、

「姉さん……助けて！　痛いよ！」

と泣き出した。

「卓、どうしてこんな――」

玲美は、廊下に呆然と突っ立っている奥さんへ、「救急車を呼んで下さい！」

と叫んだが、聞こえているのかどうか、手を口に当てて立ち尽くしている。

「お願い！　一一九番へかけて！」

玲美が思い切り大声を出すと、やっと、

「ええ。――分りました」

と肯いて、「家へ戻って――。ええ、すぐかけます」

と、転びそうになりながら駆け出した。

刃物の傷だろう。卓の腹から血が溢れるように流れ出てくる。

「こんな……。こんなこと……」

何があったのか、訊いている余裕はない。玲美はシャツを脱ぐと、卓の傷口を必死で押えた。

隣の奥さんがやって来ると、

「今すぐ来ますよ」

と言った。「私、一階で待っていましょうか？」

大分落ちついて来たようだ。玲美は肯いて、

「お願いします！　私、出血を何とか止めないと」

「分りました」

奥さんがエレベーターで一階へと下りて行く。玲美は、卓の体が細かく震えるのを、ゾッとしながら押えた。

「死なないで、卓！　お願い！　お願い！」

早く早く……。玲美は救急車のサイレンが近付いて来るのを、祈りの言葉を呟きながら聞いた……。

18 面会

「こちらでお待ち下さい」

制服姿の女性が言った。

「どうも……」

と、河村布子が呟くように言った。

実際、大きな声でなくても、あまりに静かなので、はっきりと話すことさえためらわれた。

木のベンチに爽香は布子と並んで腰かけていた。互いの息づかいまで聞こえる。

「――怖いですね」

と、爽香は小声で言った。

ただ「静か」なだけではない。人間の営み、生活が存在すれば当然聞こえて来るはずの音、声が一切しない。

ただときおりどこかでドアの閉る音、メトロノームのような足音がかすかに聞こえた。

爽香が「怖い」と言ったのは、ここに何百人もの女性たちが収容されているはずなのに、話し声も笑い声もしないからだった。毎日、沈黙を続けていたら、言葉も、しゃべるすべも忘れてしまいそうな気がする。

目の前のドアがカチャリと音をたてて、開いた。

「小川智子に面会の方ですね」

「そうです」

「お入り下さい」

灰色の部屋。監視役の女性が、無表情に隅の方に座っている。

透明なパネルのこちらに二つの椅子、向うに一つの椅子が置かれていた。

布子と爽香が腰をかけて、さらに十分ほど待った。

向う側のドアが開いて、小川智子が入って来た。

「どうぞ」

と、彼女に付き添って来た女性刑務官が言った。

小川智子は何の感情も現われていない顔で、二人を眺めていた。

「智子さん」

布子が口を開いた。「私は河村布子。こちらは杉原爽香さん。あなたのお母様、小川久子先生の代りに来ました」

小川久子の名を聞いて、智子の青白い顔にかすかに感情らしいものが動いた。

「久子先生は今、ちょっと体調を崩されて入院されているの。私は以前、久子先生にお世話になって……」

「母は――」

初めて、智子が口を開いた。「具合悪いんですか。かなり良くないんですか？」

「そんなに重い病気じゃありません。ただ、ここまで来るのは、ちょっと難しいので」

「――そうですか」

智子の顔は、また無表情に閉ざされた。

爽香が少し身をのり出して言った。

「あなたに、いくつかお訊きしたいことがあって」

智子が爽香を見る。光のない眼《め》だった。好奇心や興味を持っている様子がない。

「知りたいんです、本当は何があったのか」

と、爽香は慎重に言った。

ここでの会話が、後で智子の迷惑になるようなことは避けなければならない。

本当は犯人じゃないんでしょう、などと訊けば、その話がどこへ伝わるか分らない。

そして――これまで数々の事件に係って来た爽香は、「人の表情」を読むすべを身につけていた。

今、相手にしているのは二十三歳の女性だ。母親でもあるとはいえ、その若さは隠しようがない。刑務所で生活していても、何十年も入って、若さを失うところまでは行っていないはずだ。

そして気付いた。——布子と爽香の二人がやって来たことを、意外に思っている様子がない。二人が何をしている人間か、訊こうともしない。

自分のおかした犯罪について訊きに来たということに対しても、怪しんでいる気配もなかった。つまり——知っていたのだ。爽香と布子がここへやって来ることを。

二人がどういう立場なのかも、聞いている。としたら、この面会のことを、あの市長の望月かその娘の睦子が知っていたからだろう。

望月の立場なら、この刑務所での智子の動静を報告させるぐらいのことはやるだろう。

「私、事件のあった現場に行って来ました」

と、爽香は言った。「色々辛いことがあったんでしょうね。あのアパートはじき取り壊されるらしいですよ」

「そうですか。じゃ、帰る所はなくなるんですね」

と、智子は言った。「もうほとんど人は……」

「ええ。そうそう、お隣の村山さんという方、今は引越しておられますけど、智子さんのことを、とても心配されてましたよ」

その名前を聞いて、智子の表情が、ハッとするほど変った。それは敵意と呼べるほどのものだった。

「お隣の村山さんとは親しくしてらしたんでしょう？」

「お隣の」に少し力をこめた。

「ええ……。そうですね」

智子は少し無理をしている。

「ねえ、事件のときも、お隣だったわけですし」

爽香の言い方のニュアンスを、智子が受け止めているのが分った。

「緑ちゃんも、とてもなついてらしたんでしょ？　事件のときも泣かなかったとか聞きました」

「ええ。あの子の面倒をみてくれました」

智子の口調には、はっきり「怒り」が隠れていた。子供のことで、あの夫婦が何か係っているのは確かなようだ。

「緑ちゃんとは……」

「会っていません」

と、智子は言った。「こんなママの姿を――」

「でも、やはり会いたいのでは？」

「それは……」

「私は学校の校長をしています」

と、布子が言った。「お子さんのことならお力になれるかもしれません。久子先生にとってもお孫さんですし」

「でも、緑のことは――川崎《かわさき》さんという方が」

「川崎さん？」

「ええ。川崎中通《なかみち》さんという方で。〈中〉に〈通り〉と書くんです」

「その方はどういう……」

「よく分りません。〈M文具〉と何か関係があった方のようです」

爽香は少し間を置いて、

「馬渕勇一郎さんを愛しておられましたか？」

と言った。

「優しい人でした。緑の父親ですし」

淡々とした口調だった。

そして、今度は智子の方が、

「お子さんはいらっしゃる？」

と、爽香に向って訊いた。

「ええ。女の子が一人。——同じですね」

「もう大きいんですか」

「今、中学校の二年生です」

「楽しみですね」

智子の口元に笑みが浮んで、「母に伝えて下さい。私が元気でいると。自分の体をいたわってくれと」

布子が肯いて、

「必ずお伝えします」

と言った。「他に何かお伝えすることは?」

「ありません」

智子は迷いも見せずに言った。


爽香と布子の姿を見ると、すぐに車からあやめが降りて来た。

「——いかがでした?」

「ともかく話はできたわ」

と、爽香は言って、「どこか、この近くで、お茶のできる所はある?」

「当っておきました。小さなホテルですが、新しくて、評判がいいようです」

「じゃ、そこへ。先生、乗って下さい」

あやめは車を出すと、

「この先の角を曲った所に、小型のバンが」

と言った。「ずっと停っています。たぶんこの車を見張っているのだと思いますけど」

「気付かないふりをして、まける？」

「お安いご用です」

あやめは細い脇道に入ると、ビルの地下駐車場へと車を入れて、五分ほど待ってから外へ出た。

「今ごろ、この先の一方通行で困ってますよ、きっと」

広い通りへと戻る。「あの市長の指示でしょうね。車のナンバープレートが、あの市のものでした」

「よく見てるわね」

「他にすることがなくて」

あやめはさりげなく言った。


「――爽香さんはどう思った？」

静かなティールームで、布子が言った。

「私たちが行くことは、知らされていましたね。でも、味方なのかどうか、信用できるか分らないので、警戒していたと思います」

「そうね。でも、私たちのことを何も訊かなかったわ。爽香さんのことも」

「お隣の村山さんのことを話に出したとき、私が『お隣』を強調したので、気が付いたんだと思います。犯行現場のことを私たちが察していると」

「そうね。心を開いたようだった」

あやめがそれを聞いて、

「面会の話の内容は、あの市長に伝わっている、ということですね」

「間違いなくね。でも、声の調子や表情のニュアンスまでは伝わらない。智子さんの身に不利なことはなかったと思うわ」

と、爽香は言って、「ただ、娘さんのことで……」

「川崎さんって言ったわね。それだけじゃ分らないけど……」

「あれは場所のことだと思いますよ。〈川崎中通〉って、たぶん川崎のどこかに、〈中通り〉っていうのがあって、そこに緑ちゃんが」

「だから〈通〉で〈みち〉と読むと言ったのね。捜せるわね、きっと」

「いくつも〈中通り〉なんてありそうですが、当り切れないことはないでしょう。あやめちゃん――」

「見付けてみせます」

と、あやめは言った。

「では……」

爽香は紅茶を飲んで、「――今は一度東京に戻りましょう。あの笠原さんからは何か言って来た？」

「いえ、何も。心配ですが、直接連絡は取らない方が、と思って、同僚だった松崎圭子さんにメールしておきました」

「それがいいわね。戻ったら、市長の望月の身辺、背景と、〈M文具〉の廃業のいきさつを詳しく調べてみましょう」

「了解です」

二人の話を聞いて、布子が、

「あなた方がいてくれて、本当に心強いわ」

と、安堵するように息をついた。


足音が止った。

目をつぶっていた玲美は、目を開けて顔を上げた。――日下が立っていた。

「何があったんだ？」

と、日下が訊いた。「マンションの人から聞いて……」

「来てくれたの……。あなたには申し訳ないことを……」

病院の待合所の長椅子に、玲美はずっと座っていた。――弟はまだ手術の途中だった。

「僕のことはどうでもいい。別に刺されたわけじゃないからね」

と、日下は玲美と並んで腰をおろすと、「でも、卓君は……。一体誰がそんなことを？」

「分らないの」

と、玲美は息をついて、「ともかく――あの子は何か悪いことを企《たくら》んでたのよ。たぶん、それが予定通りに行かなくて、仲間の誰かに刺されたんだと思うわ」

「企んでたって……。何を狙って？」

「見当もつかないわ。私は卓の話を頭から信じ込んでた……」

と言ってから、「新車のデザインの話も嘘だったの。それにたぶん……」

と続けようとして、ためらった。

「僕を車のトランクに入れたのも？」

「たぶん、卓の仲間のやったことよ。本当にごめんなさい」

「いや……。君に謝られてもね。ともかく、卓君が助かれば、色々はっきりするだろう。それからゆっくり話そう」

「日下君……。あなたって……」

玲美は絶句した。涙が、もう出尽くしたと思っていたのに、また溢れて来る。

「――ケータイが」

と、日下が言った。

「え？」

「君のケータイじゃないか、鳴ってるの？」

「あ……。本当だわ」

ポケットに入っているのを忘れていた。取り出して、

「知らない番号だわ。間違いかしら？　――もしもし」

少し間があって、聞いた覚えのない男性の声で、

「水科卓さんのお姉さんですね」

と言った。

「そうですが……。どちら様ですか？」

「私は三輪《みわ》という者です。弁護士で、〈N自動車〉の顧問をしています」

「〈N自動車〉ですか……」

「弟さんについてですが、確かに一時、弟さんは〈N自動車〉のデザイン部で、契約社員として働いていたことがあります。しかし、もうとっくに契約は切れています」

「はあ……」

「弟さんが傷害事件の被害者になったそうで、お気の毒です。ただし、この件に関し〈N自動車〉は一切関係ありませんから」

玲美はわけが分らず、

「あの――どうして、そんなことをわざわざ――」

「ご存じないんですか？　水科卓さんは、〈N自動車〉のデザインを、自作の盗用だと」

「そんな……」

「ともかく、全く事実無根です。今後、何か言って来られたら、告訴も考えていますので、ご承知おき下さい」

それだけ言うと、切ってしまった。

玲美は、そんな話を理解できる状態ではなく、ただ呆然としていた。

そばで通話を聞いていた日下は、

「人が生きるか死ぬかの状態だというのに、無神経だ！」

と、腹を立てて言った。

そのとき。

「あの……」

と、声がして、看護師が二人の方へとやって来た。

玲美は青ざめた顔で立ち上った。

19　裏通り

〈仲通り商店街〉

その文字はアーケードの入口に掲げられていたが、かなりかすれて、目立つとは言い難かった。

でも――ともかくここが川崎の〈仲通り〉であることは確かだ。

久保坂あやめは、そのアーケードの入口で爽香へ連絡を入れた。

「――ええ。ちょっとさびれてますけど、一応〈仲通り商店街〉とあります」

と、ケータイで話しながら歩いて行く。

「はっきりした手掛りがないのに、大変よね」

と、爽香が言った。「ごめんなさい。あなたに任せちゃって」

「他の誰かに任せたら、私が許しません」

と、あやめはきっぱり言って、「また連絡入れます」

「よろしく」

余計な話をしている余裕はない。――あやめはケータイをポケットに入れると、商店街の中をゆっくり歩いて行った。

いわゆる〈シャッター商店街〉というほどではないが、それでも店を閉めてシャッターの下りている店がポツポツと目についた。買物する人の姿も少ない。

もっとも、夕飯どきともなれば、少しはにぎわうのだろうか。

薬局があった。あやめは、ちょうどスキンケアのクリームを切らしていたので、店に入った。愛用しているのは、少し値段が高いので、あまり小さな薬局には置かれていない。

ここでも、あまり期待しないで入ったのだが……。

「あら、珍しい」

こんな店に、その品は置かれていたのだ。二つ買うことにしてレジへ持って行く。

「いらっしゃいませ」

眠そうな目をした白衣の女性が、面倒くさそうにレジに立ったが、高価な商品と見ると少し背筋が伸びて、

「現金でよろしいですか？」

「カードで」

と、あやめがクレジットカードを取り出す。

「お待ち下さい」

カードを読み取る装置をカウンターの下から取り出して来る。あやめは、ガラスケースの上に敷かれた革のマットを見下ろしていたが――。

かなり古いのだろう。金箔《きんぱく》押しの文字が消えかかっていたが、〈M文具〉という文字のように読める。

「お待たせしました。暗証番号をお願いします」

あやめは番号を押すと、

「そこ……〈M文具〉って書いてあるんですか？」

と、さりげなく訊いた。

「ええ、これ、いただきもので」

「何かの記念？」

と、あやめは訊いて、「以前、知り合いが〈M文具〉に勤めていたものですからね」

「そうですか。〈M文具〉のお店があったんです。オープンのとき、商店街に配ったのがこれです」

「ここにお店が？」

「小売より問屋みたいでしたね。オフィスもあって。でも、結局……」

「〈M文具〉は解散しちゃったんですよね」

「ええ。あのときはびっくりしました。いきなりでしたからね」

「働いてた方たちは？」

「突然路上に放り出されるようなもんですもの」

と、その女性が言った。「この町の人も何人か働いてたんです。ですから、商店街として、〈M文具〉に抗議もしましたわ。でも相手はここにいるわけじゃないし……」

「分ります」

と、あやめは肯いて、「そのオフィスってどこにあったんですか？」

「この商店街の、ちょうど真中辺りですよ。でもね、どういうわけか、今でも〈M文具〉ってパネルが。建物もそのままで、ずっと使われてないんです。誰かに売りたくても売れないんでしょうね」

「そうかもしれませんね。すみません、お邪魔して」

「いえ、ありがとうございました」

愛想よく言われて、あやめは微笑みながら薬局を出た。

少し行くと、すぐにその建物は分った。

一階は店で、二階はオフィスという造りだろう。今、一階はシャッターが下りていて、そこに大きく〈M文具〉の文字が書かれている。

二階は汚れたガラス窓があるだけだ。

あやめは、筋向いの雑貨店に入って、爽香に電話した。

「――じゃ、きっとその〈仲通り〉ね」

話を聞いて、爽香が言った。「でも、閉った建物だけじゃね」

「あそこに勤めていた人でも見付からないか、捜してみます」

と言いながら、〈M文具〉の建物へ目をやっていたあやめは、「待って下さい」

「どうしたの？」

「今、二階の窓に明りが点いたんです。人影も見えます」

「見回りに来てるのかしら」

「ちょっと当ってみます。誰かいるってことは、どこかから出入りしてるってことですもの」

「分ったわ。でも、気を付けてね。無理をしないで」

「承知してます」

――正面でなく、出入りする所があるのだ。

少し先の、商店街を横切る細い道を曲ると、〈M文具〉の建物の裏手に出られそうだと分った。

そこは狭い路地で、驚いたことに、バーやスナックが何軒か並んでいた。

「こんな狭い所に……」

と、思わず呟く。

もちろん、まだ昼間で、バーも開いていないが、おそらく夜には開けているのだろうと思われた。戸口に、プラスチックのケースに入った空のビールやウイスキーのボトルが置いてある。

〈M文具〉の建物の〈通用口〉が、この狭い通りに面していた。ここから誰かが出入りしているのだ。しかし、解散してしまっている会社の建物に誰が、何の用があるのだろう？

「暗くなってから来てみないと……」

と、あやめは呟いた。


「姉さん……」

やっと聞き取れるくらいの声が、卓の口から洩れた。

「卓！　どう？　苦しい？」

と、玲美は弟の顔を覗き込んだ。

「寒いよ……。体は凄く熱いのに……ゾクゾクするんだ……」

「大丈夫よ。傷のせいだわ。それに沢山輸血したし」

「何だか……姉さんが血を採られてるところを見たような気がする」

トロンとした目で、卓は姉をベッドから見上げていた。

「私の血も、それに日下君の血液も型が合ったので、提供してくれたのよ」

「そうなのか……」

「今はともかくじっと休んで。傷はかなりひどかったのよ」

「うん、俺……死にかけたのかな……」

「でも、姉さんがついてる。きっと治るよ」

玲美は卓の手を握った。

卓は浅い呼吸をして、

「俺……馬鹿だったよ……」

と、呟くように言った。「車が……」

「〈N自動車〉の弁護士だって人から、電話があった。もう忘れなさい。何もなかったことにして」

「でも……俺……見たかったんだ。自分のデザインした車がハイウェイを突っ走るところを……」

「いつか実現するわよ。焦らないで。あんたはまだ若いのよ」

「うん……。でも……見られないような気がする。俺、それまで生きてないようなな……」

「何言ってるの！」

と、玲美は叱ったが、そこへ、

「――お客様です」

と、看護師がそっと声をかけた。

「私に？」

「水科さんに、とだけ」

「分りました」

玲美は病室を出て、左右へ目をやった。少し離れて、スーツにネクタイの男性が、ちょっと迷っている様子で立っている。

「あの……」

と、玲美が歩み寄ると、

「水科君の……」

「卓の姉です」

「そうですか。水科君の容態はどうですか？」

「あの――失礼ですが……」

「これは――。私は〈N自動車〉のデザイン部の長尾《ながお》といいます」

控え目な言い方だったが、玲美は少し身構えて、

「どういうご用でしょうか。〈N自動車〉の弁護士さんからは、弟のデザインのことで、私どもが何か言ったら告訴すると言われています。弟は重態で、まだ命の危険もあるんです。〈N自動車〉に今さらどうこう言うようなことは……」

「そんなことを言って来たんですか？」

と、長尾という男は驚いた様子で、「それはお怒りですね。申し訳ありません」

玲美はちょっと意外な気がした。

「弟とはどういう……」

「デザイン部で、色々な細かいパーツなどのデザインを。水科君も一緒に考えていました。まあ、私はデザイン部に長いので、水科君に教えたりアドバイスする立場でしたが」

「じゃ、お世話になって……」

「水科君には才能がありました。少なくとも私は、水科君のことを買ってたんです。でも、チーフ格の社員は、正社員でない水科君のことが気に入らず、上司にあれこれ苦情を言って、水科君を辞めさせてしまいました」

「そんなことが……」

「水科君が怒っても当然です。しかし、彼は若いので、直接脅迫めいたことを……。それで今度のようなことになったのだと思います。ぜひ助かってほしいです。元気になったら、改めてデザインの仕事に打ち込んでもらいたいと思っています」

「それをおっしゃりに、わざわざ？」

「いや、水科君が私にも失望しているだろうと思いまして。――お元気になったら、また会いに来ます」

「ありがとうございます」

玲美は胸が熱くなった。「今のお言葉を、卓に伝えます」

――長尾が帰って行くと、玲美は病室に戻った。

「卓……」

と、そっと言ってみたが、卓は眠っていた。

玲美はベッドの傍に座ると、卓の手に、静かに手を添えた。

目の前に立ちはだかった男を見て、あやめは面食らった。

誰かが待ち構えているかもしれない、と思ってはいたが、まさか知っている顔だとは

――。

「あんた、一体何をかぎ回ってるんだ」

と言ったのは、小川智子の「元隣人」村山だった。

夜になって、あやめは〈仲通り商店街〉へ戻って来た。〈M文具〉の建物に出入りす

る人間を見張ってやろうと思ったのだが、見張るまでもなく、商店街のアーケードに入ろうとした所で、村山が行手を遮ったのである。

「訊かなくたって、分ってるんじゃないの？」

と、あやめは高飛車に言った。「大体、どうしてあんたがここにいるのよ」

「いいか、俺たち夫婦は奥さんに世話になってるんだ。あんたをどうしてもいいと言われてる」

こりゃ、かなり馬鹿だね、とあやめは思った。「奥さん」とは、馬渕勇一郎の妻、睦子だろう。

わざわざ睦子の企んだことだと白状しているようなものだ。きっと、自分で勝手に判断してやって来たのだろう。

「じゃ、どうする気？」

と、あやめが言うと、村山は、

「生かしちゃ帰さねえ」

と、手に尖《とが》った小ぶりの包丁を握りしめていた。

周囲に人目があるというのに、この男、何を考えてるの？

しかし、たとえ考えが全く足りなくても、刃物で刺されれば痛い。あやめは包丁の刃先が突き出て来るのを何とかよけた。

だめだ！　まるで冷静さを失っている。買物に来た人が通りかかって、目を丸くしていた。そのとき――車のクラクションが派手に鳴った。

村山がギョッとして左右へ目をやる。あやめは両手で村山の体を突き飛ばした。

村山がみごとに一回転する。

「あやめさん！　乗って！」

振り向くと、車が停って、麻生《あそう》が呼んだ。

「ありがとう！」

あやめは助手席のドアを開けて乗り込んだ。同時に麻生の運転する車は走り出した。

振り返ると、立ち上った村山が、通りかかった人の目に気付いて、あわてて駆け出して行った。

「――ああ、びっくりした！」

と、あやめが息をつく。「麻生さん――」

「チーフに言われて来たんだよ」

と、ハンドルを握った麻生は、「あやめさんは何でも一人でやりたがるから、様子見て来いって」

「さすがチーフ」

「さすがじゃないよ。刺されてるところだ」

「でもね、ちょっと車、停めて」

「え？　どうして？」

「いいから！」

麻生が車を停めて、

「何しようっていうんだ？」

「今戻れば、あの村山って男の後を尾《つ》けられるかも」

「ちょっと！　危いだろ、そんなこと！」

「ここで待ってて。行ってみるわ」

あやめが車を降りる。

「待ってくれよ！」

と麻生が呼び止めた。「僕も行く。——全く、無茶ばっかりして！」

「チーフの仕込みが良かったんでね」

と、あやめは言った。

20　当て外れ

　あいつかな……。

　矢川明也は、眠い目をこすりながら、道を渡って、出勤していく男性の一人に、声をかけた。

「おい、あんた、杉原っていうのか？」

　男はちょっと眉をひそめて、

「何です、いきなり」

「杉原って男を捜してて……」

「人違いですよ」

「そうか……」

　矢川は、内田という刑事から聞いた「元殺人犯の怪しい奴」杉原明男を捜していたのだが、三日も続けると根気がなくなって、今日見付からなかったら、もうやめようと思っていた。

薬物のせいで死んだ姉の敵《かたき》を取ってやると意気込んだはいいが、慣れない早起きが辛いのと、なんでもすぐ面倒になって放り出すというこれまでの生活態度は、変えられなかった……。

声をかけた相手は行きかけて、振り向くと、

「杉原明男さんか、捜してるのは？」

「ああ！　知ってるのか？」

「ご近所だ。——ほら、今そこを曲って来たのがそうだよ」

「ありがとうよ！」

矢川は、せかせかとやって来た男の前に出たが、男はパッとよけて先へ行ってしまう。

矢川はあわてて、

「おい、待て！」

と、男の腕をつかんで、「貴様、姉さんに何をしやがった！」

「何の話だ？」

と、男が振り向く。

「分ってんだ！　お前が姉さんに——」

矢川はポケットからナイフを取り出して、

「白状しやがれ！」

と突きつけた。

次の瞬間――一秒かかったかどうか、アッという間に、矢川はナイフを持った手をねじ上げられ、苦痛に呻いた。

「おい、何するんだ！　痛えだろ！」

すると、いつの間にやら近くに待機していたパトカーが素早く寄って来て停った。

矢川は手錠をかけられて焦った。刑事なのか？

「乗れ」

と、パトカーの中へ押し込まれる。

矢川は、何が起こったのかさっぱり分らないまま、ともかく、

「暴行の現行犯だ」

と言われてしまったのだった。


「もしもし、杉原さんですか」

「はい。笠原さんですね」

と、爽香は言った。

「はあ。――申し訳ありませんでした」

と、笠原は沈んだ声で、「ちょっと――色々ありまして……」

「承知しています。同僚の松崎さんとお話ししましたので」

「そうでしたか。いや、記者として、情ない話で」

「まさかそんなことになるとは思わなかったので。こちらこそ、あなたにご迷惑をかけてしまって」

と、爽香は言った。「その後——大丈夫ですか?」

「ええ。あの日、ホテルに泊らずに帰られたと伺って——」

「泊ったんです」

「え? でも——」

「他のホテルに。次の日に、行く所ができてあまり調べられませんでしたが、それでも〈M文具〉廃業の背景などについて、話を聞くことはできました」

「そうでしたか! さすがに名探偵ですね」

と、やっと明るい声になって、笠原は言った。「あやめさんに叱られるかと……」

「でも、お宅のお子さんのことまで持ち出して口封じをして来るなんて、却って知られたくないことがあるって言ってるようなものですね」

「おっしゃる通りです。いや、本当のところ、あの事件については、おかしいと思ってる者は少なくなかったんですがね。結局、毎日の暮しの中で埋れてしまったんです」

と、笠原は言った。

「その毎日、小川智子さんは刑務所で過しているんです」

と、爽香は穏やかに言った。「もし彼女が犯人でないのなら、一日でも早く、真実を明らかにすることが、罪滅ぼしですよ」

「全くですね。僕の新聞でも、事件を一から見直してみますよ。圧力がかかるかもしれないが、職を失っても構わない」

笠原の言葉は力強かった。

「ありがたいです。こちらでもいくつか明らかになっていることがあります。裏付けが取れたら、そちらへ流しますよ」

「それは嬉しいですね。ただ——うちのような地方紙は、あまり目につかないので」

「そこも考えています。ともかく、今はまだ抑えておいて下さい。向うがうまく運んだと安心している方がやりやすいですから」

と、爽香は言った。「あやめちゃんから連絡させますよ」

「怒鳴られそうだな」

と、笠原はちょっと笑って、「でも、怒鳴られたいです。久しぶりに」

「そんなに怖かったんですか？」

と、爽香は言った……。

——笠原との通話を終えると、爽香は〈K生命〉の小手長のケータイにかけた。

「小手長の秘書、武田です」

「杉原爽香です。小手長様にお目にかかれますか」

「もちろんです。杉原さんのご用は最優先と言われていますから」

「ありがとうございます。今〈G興産〉に戻って来ていますが、お昼過ぎにでも、もし

――」

「替ります」

会話を聞いていたらしい。小手長が出ると、

「十二時においでいただけるかな？　ランチを一緒にしよう」

「かしこまりました」

「それで――智子に会ったのかね」

「面会して来ました。詳しくはお目にかかって」

「分った。オフィスに来てくれ。待ってる」

病身を感じさせていた小手長だったが、今の声は張りがあり、強さを取り戻していた。

また、すぐに爽香のケータイが鳴った。松下からだ。

「――お前の亭主を狙ってた若いのは、警察官にナイフを向けて、連行されたぞ」

「ありがとうございます。とんでもない見当違いですね」

「例の刑事が、住所まで教えてたんだ。本当にやられなくて良かった」

「亡くなったお姉さんのことは気の毒ですけどね」

「麻薬担当の奴に聞いたが、そっちはどこの組織が係ってるか、見当はついてるようだ。お前の亭主も何かと忙しいな」

「ええ。その他にも……」

「何かあったのか？」

車のトランクに押し込まれていた日下のことを話すと、

「SNSで見た。じゃ、あれを通報したのか」

「ええ。どうも、そっちも色々ややこしいことになってるようです。これ以上係らないで、と言ってありますけど」

「お前たちは似た者夫婦だな」

と、松下は笑って、「ところで、〈M文具〉の話だ。殺された馬渕勇一郎は地元でも評判がいい。学校の体育館を建てたり、生徒たちをスキー教室に連れて行ったりして、費用は全部自分が負担していたそうだ」

「でも、それは――」

「若い女房にとっては面白くなかったろう」

「そうでしょうね。でも、それだけじゃなかったでしょう。夫が社員の小川智子さんと関係を持って、子供が生まれたことと……」

「何かよほどのことがあったんだろうな。そこは、睦子といったか、未亡人に会って訊くしかない」

「でも、それは……」

と、爽香は言いかけて、少し考えていたが、

「今日、小手長会長にお目にかかるので、よくお話ししてみます」

「分った。お前、本業の方は大丈夫なのか」

「松下さんに訊かれちゃ、私も辛いです」

爽香は苦笑して言った。


「どこもかしこも……」

と、ため息と共に、杉原涼は言った。

「本当ね」

なごみが自分のカメラを手にしながら、「でも仕方ないわよ。現実が変って行っても、人間は変らない。――でしょ？」

杏里は祖母真江が見てくれている。この日の午後、涼となごみは久しぶりで一緒にカメラを手に出かけて来た。

涼は割合順調に仕事があって、出歩くことが多いが、なごみはどうしても杏里の面倒

をみるのに時間を取られる。

それでも、涼は「自由業」の強味で、できるだけ杏里の世話もしていた。もちろん、二人にとって、祖母の真江が元気で同居していることは大いに助けになっている。

にぎやかな都会では、表面ばかりの派手さがすべてを覆い隠してしまう。

涼となごみは、できるだけ人通りの少ない裏通りへと入って行った。

「あのお店」

と、なごみが、昔ながらの八百屋の店先に並んだ野菜を撮っている。「――安いわ、ここ。何か買って帰ろうかしら」

「野菜とカメラじゃ重過ぎないか?」

と、涼は言った。

新しいショッピングモールの裏手に入ると、何だか何十年も昔に戻ったような、個人の店が並んでいた。

「こんな所があるんだ」

と、涼も目をみはっている。

もちろん、「商店街」と呼べるほどではなく、すぐにまたマンションやアパートが続いている。

その通りから、脇へ入る路地へチラッと目をやると、なごみは足を止めて、

「ね、見て！」

と、涼の腕をつついた。

「何だよ？」

「あの人。――いつかの……」

こんな所に、どうして、と二人は顔を見合せた。

小さなテーブルに布をかけただけの占い師だった。それは、去年の春に、涼となごみが写真を撮らせてもらった女性に違いなかった。

「何てったっけ、あの人？」

撮った写真を送るので、手作りの名刺をもらっていた。

「忘れたの？　叶《かのう》さんよ。叶ミチさん」

「そうだった！」

二人が声をかけると、

「あら……。あなたたちなの」

と、占い師は嬉しそうに、「偶然ね！　こんな所、めったに来ないんだけど」

「一度、ちゃんとお礼をと思ってたんです」

と、なごみが言った。

「そういえば、あなた、あのときお腹に赤ちゃんが……」

「はい。無事生まれました。杏里って、女の子で」

「おめでとう。いいお母さんになると思ったわ」

「それと――。叶さんを撮らせていただいた写真、海外の写真展でとても評判になったんです。国内でも新人カメラマンの賞をいただいて」

「まあ、そうだったの。それはあなたの腕よ」

「おかげさまで、仕事は順調です」

と、涼が言った。「今日も撮らせていただいていいですか？」

「ええ、もちろん。――でも、こっちも商売だから、手相を見せてね」

と、叶ミチは言った。

去年写真を撮ったとき、なごみの妊娠が分った。なごみは早速手相を見てもらうことにしたのだが、叶ミチがふと、

「そういえば、あのとき、危い目にあいそうだと言ってた方は大丈夫だった？」

爽香のことに違いないと、涼は即座に思ったのだった。

「冒険してるのは相変らずです。でも、まだ元気ですよ」

と、涼は言った。「僕の手相、見て下さい」

「ええ、じゃ先にあなたからね」

と、涼の手を取って、じっと見ていたが――。

涼の顔を見上げると、

「その人は、また何か危いことを?」

と訊いた。

「え……。何かやってるような……。聞いたっけ?」

「何だか殺人事件で刑務所に入ってる人を救い出すとかって……。詳しいことは聞いてないけど」

と、なごみは言った。「何か出てるんですか?」

「そうね。たぶん同じ人でしょう。前よりずっと危険なことが……。でも、これは確かとは言えないわ。直接見てるわけじゃないものね」

しかし、涼となごみは真顔で互いを見つめ合ったのだった……。

21　怒りの末

目の前に立っているのに、なかなか気付いてもらえない。――こんなとき、人は苛々するものだ。

ましてや、人一倍苛つくことの多い村山は、気付いてくれるまで待っていることなどできず、まるで爆発するような、大きな咳《せき》払いをした。

さすがに受付の女性は顔を上げたが、別にびっくりした風でもなく、ただ村山を眺めて、

「どちらにご用？」

と言った。「年金や保険のことなら、ここじゃなくて、三階の受付で訊いて下さい」

村山はさらにムッとしたが、

「村山だ。市長さんに呼ばれて来た」

と、ちょっと胸を張って言った。

「市長さんに？」

受付の女性は半信半疑の様子で、内線電話を取り上げた。「――受付ですが、市長にお約束がある、と村山さんという方が」

少し向うの話を聞いて、

「分りました。――じゃ、エレベーターで四階へ」

「分った」

「ただ〈市長室〉の外で、呼ばれるまで待って下さいとのことです。大切な来客中なので」

来客だと？　俺だって――それこそ「大切にしてもらうはずの来客」だぞ。

村山はエレベーターで四階へ上った。

案内図を見ると、〈市長室〉の広さが分る。村山はこのフロアに来るのも初めてだった。

「ええと……。こっちか……」

少し廊下を行くと、どっちへ行けばいいのか分らなくなってしまった。ウロウロしていると、

「村山さん？」

と、若い男が声をかけて来た。「こっちへ」

両開きの立派なドアが廊下の奥にあった。

「ちょうどお客さんが帰られたところだ」

と、男がドアを開けて、「村山さんです」

中へ入って、またその広さに驚く。――ちょっとした会議ができるようになっているからだが。


正面の大きな机の向うに望月市長が座っていた。さすがに村山も少し気後れがして、

「どうも……」

と、入口の所で頭を下げた。

「こっちへ来てくれ」

望月は手招きした。「ずっと――机の前まで寄ってくれ」

「はあ。では……」

「何の用か分るかね」

と、望月が訊く。

「いえ、別に……」

「これを見ろ」

机の上のパソコンをクルッと村山の方へ向けて見せた。

「――何でしょう？　ちょっと目が悪くなっておりまして……」

目を細くして、じっとパソコンの画面に見入る。

「――何ですこれは？　不良のケンカですかね」

ＳＮＳというものはほとんど見ないが、今は同年代の仲間もよく見ているので、たまには話の種として見ておく。

「――え？」

村山は目を大きく見開いた。あの〈仲通り〉アーケード前で、自分が久保坂あやめとかいう女に刃物を見せている光景が画面に出ているのだ。

「そこで刃物を振り回しているのは、お前だろう」

望月の声がガラッと変って、目は村山をにらみつけている。村山は思いがけない話に焦って、

「これは――どうってことないんで。そうなんです。ただちょっとびっくりさせてやろうと……。ほら、車で逃げちまったでしょ？　何てことなかったんで。別にけがもさせちゃいねえし」

と、まくし立てるように言った。

「何てことなかった、だと？」

「そんなもん、誰が撮ってやがったんでしょうね。油断も隙もありゃしねえ」

と、笑って見せたが、望月は顔を真赤にして、

「馬鹿め！」

と怒鳴りつけた。「こんな真似《まね》をして、警察が乗り出して来たらどうする！」

「でも――睦子様もおっしゃってたんで。『余計なことをかぎ回ってる女たちがいる』と。ですから、追っ払ってやろうと。本気で刺そうとかしてたんじゃねえんで」

「睦子の所に、これを見た知り合いが、〈M文具〉に出入りしてた人じゃないのか、と言って来た。三人もな」

「そいつは……」

「睦子はカンカンだぞ。お前たち夫婦にどれだけのことをしてやったと思ってるんだ！ヨーロッパ旅行にまで連れて行ってやった。今の家だって……。まあ、ともかく睦子に詫びて来い。そしてもう余計なことをするな」

「そんなつもりは……。俺はただ、睦子様のためにと思って……」

もともと口下手な村山で、言い訳しようとすると舌がもつれて、「あんな……そんな……」

と、自分でも何を言っているのか分らなくなってしまう。

望月は苛々と、

「もういい！　出て行け！」

と、ドアの方を指さした。

「はあ……。大変申し訳も……」

「詫びるなら、睦子に詫びろ。――おい！　今日、お前はここへ来なかった」

「は？」

「市長の面会相手は記録が残るんだ。お前の名前は記録に残らない。お前はここへ来たこともなければ、市長と話したこともない。分ったな」

「はあ……」

本当はちっとも分っちゃいないのだが、ともかく肯くしかなかった。

村山はフラフラと酔っ払いのような足取りで、市長室を出て行った。

エレベーターに辿り着くまで、廊下を五分以上もうろついていた……。


「全く、危ないことして……」

と、爽香は眉をひそめた。

爽香のデスクの上のパソコンには、あの村山が刃物を振り回している映像が出ていた。

「でも、よくこんな映像が――」

「村山の後を追いかけてから、車の方へ戻って来たとき、高校生らしい男の子たちが道端で集まって、缶ビールなんか飲んでたんです。それで、一人の子が自分のスマホをみんなに見せて、『ほら、今にも殺しそうになってたんだぜ』って言ってたんです。『どうせなら血がバーッと出てたら面白かったのにな』って」

と、あやめは言った。「その話が耳に入って、私、『ちょっと見せて』って言って。向うもびっくりしてましたよ。刃物で刺されそうになってた当人ですから」

「今の子はすぐ、何でもスマホで撮るのね」

「あんな場面、そう年中お目にかからないでしょうから。私、おこづかいをあげて、この映像をSNSに」

「あの市長さんが見てるかしら？」

「大丈夫です。あの絵を市役所に納めたとき、市長秘書のアドレス、聞いてました」

「それじゃ――」

「私が係ってるとは言ってません。メールで〈今、そちらの市長さんについて、スキャンダルになりかねない動画がSNSにアップされているというコメントを見ました。大丈夫だとは思いますが、念のため確認された方が〉って、こっちの名前は出さずに。向うは私のことなんか憶えてませんよ」

「あなたに任せるわ」

と、爽香は苦笑して、「これからもう一度小手長会長にお目にかかることになってるの。一緒に来てもらった方が良さそうね」

「本業の方がたまってますが」

「仕方ないわよ。ちゃんと手伝うから」

と、爽香は言ってパソコンを切った。


「何ですか、昼間から酔っ払って」

と、村山幸子は、夫が赤い顔をして帰宅するのを見て言った。「市長さんのお話って
――」

「うん？　ああ――まあ、よくやったってことさ。そりゃ俺たちは、あの親子に感謝されて当然だからな」

村山は居間のソファに引っくり返ると、「おい、酒をくれ！」

「あなた……」

夫を見下ろす幸子の目は冷ややかだった。「さっき、睦子様の秘書の方からお電話があったわ」

「――そうか」

「ここのローンの残りをすぐ返済してくれって。銀行の方から近々言って来るそうよ」

「何だと？　そいつは約束が違うじゃねえか！」

「私もそう言ったけど、秘書の方は、詳しい事情は聞いてないって言うだけで。――何をしたの？」

「何もしやしねえ！　ただ――睦子様のためを思って……」

「ここへ来た人たちね。杉原さんとかいう」

「あの女のせいだ！　畜生《ちくしょう》！」

　と、村山は起き上ってソファを殴りつけた。

「埃《ほこり》が出るわよ」

「うるさい！　お前――あの女の名刺、持ってたか」

「ええ、引出しに」

　村山は肩で息をしながら、じっと目の前を見つめていた。――酔った勢いも加わって、その目は暗い光を帯びて来た。

「あなた――」

「あのアパート、今はもう誰も住んでないんだったな」

「ええ。もうじき取り壊すってことだったでしょ」

「そうか。よし」

「何のこと？」

「黙ってろ！　お前の知ったことじゃない」

　村山は台所へ行くと、戸棚の引出しを開けて中を引っかき回した。

「何をしてるの？　壊さないでよ」

「お前の知ったことじゃない！」

と怒鳴ると、村山は引出しからレターペーパーと封筒を取り出して、ダイニングのテーブルに置いた。

「ボールペンはどこだ」

「その引出しの隅に。——どうするの？」

「黙ってろ！」

村山は椅子にかけると、ボールペンをギュッと握って、手紙らしいものを書き始めた。

幸子はじっと立ち尽くしていた。

「——何をしようっていうの？」

「何でもない」

「嘘。あの杉原さんって人に出すのね」

「ちょっとこらしめてやるんだ。他人のことに口を出せば、ろくなことはないと思い知らせてやる」

村山は、もともと下手な字をさらに乱暴に書きなぐった。

幸子は固く唇を結んで、そんな夫を見つめていた。


「良かったわ……」

エレベーターの中で、水科玲美は呟いた。

弟の病室へ毎日通っているが、酒飲みの一方、甘党でもある卓は、有名な洋菓子店のロシアケーキが大好きだった。

ただ、小さな店で、それも毎日少ししか売らないので、店の開くのを待って買うのだ。いつも開店前に行列ができる。

並んでも、順番が来たときは売り切れていることがある。それが、今日は雨のせいか行列が短く、余裕で買うことができた。

クッキーのようなものなので、何日かは食べられる。ベッドで退屈している卓は、きっと、一つまた一つとつまんで、すぐに食べ切ってしまうだろう。

——入院してから、卓は昔の少年時代に戻ったように、玲美に甘えるようになった。玲美も、卓が思い通りにならない苛立ちを、やっと忘れてくれたようで、ホッとしていた。

エレベーターを降りると、ナースステーションへ向う。卓の分と別に、看護師たちへ、と思って一箱余計に買って来たのだ。

「今日《こんにち》は」

と、声をかける。「水科です」

中の看護師が、いつも明るく、

「ご苦労様」

と返してくれる。

だが――。

「お電話してたんですよ」

と、ベテランの看護師が立って来ると、「急なことで」

「え？　――あ、すみません、ケータイの電源を切っていて」

「こちらへ」

玲美はわけが分らず、ただ看護師の後をついて行った。

「――先生、水科さんが」

診察室の一つへ、促されて入る。

「あの……弟が何か……」

「かけて下さい」

と、医師が言った。「ゆうべ遅く――というか、今朝早くですが、弟さんの体温が異常に高くなっているのに気付きました。夜中の巡回でも全く異常はなかったんですが」

「それで――」

「急な感染症でした。傷がちゃんとふさがっていなかったところから感染が一気に
……」

玲美は血の気のひくのを覚えた。

「それで、具合は……」

「もともと心臓が弱っていたところへ、突然の高熱で、手の施しようがありませんでした」

医師は首を振って、「残念ですが、亡くなりました」

と言った。

玲美は買って来たお菓子の袋が足下に落ちたのにも気付かなかった。

22　落とし穴

「誰か来たよ」

　と、珠実が言ったとき、爽香は夕食の後片付けをしていた。

「え？　玄関、鳴った？」

　流しの水道の音で気付かなかった。「どなたが？」

「男の人。クサカって聞こえたけど」

　珠実の言葉を聞いて、ソファで新聞を広げていた明男が顔を上げた。

「日下だって？　こっちに用かもしれないな」

「ただ、『杉原さん、おいでですか』って言っただけだから、お父さんかもしれない」

「もう玄関に？　じゃ、出てみよう」

「気を付けてよ」

　と、つい言ってしまう爽香だった。

「私、用心棒してあげる」

と、珠実が張り切っている。

玄関のドアを開けると、

「これは……。お電話をさし上げた日下です」

「ああ、どうも。――よくここが」

「警察の方に、あのトランクの件についてお礼をしたいと言いまして」

「ちょっと上りませんか」

「申し訳ありません。ご迷惑になってはいけないので……。では、ちょっとだけ」

居間に入ると、日下は、「要点だけ申し上げると、あのトランクの件に係っていたのは、私の付合っていた女性の弟さんだったんですが、その人が亡くなってしまいまして。――色々ややこしい話のようです。ただ、あの件は、今さら調べても意味がないので、これ以上はご迷惑はかけないと思います。でも万が一、警察から杉原さんに何か言って来ることがありましたら、すべて私が承知していると答えておいて下さい」

「車のトランクに入れられた人？」

と、隅で聞いていた珠実が言った。「乗り心地、やっぱり悪かった？」

「珠実ちゃん！」

日下はちょっと笑って、

「君のお父さんのおかげで助かったんだよ」

「うちはそういうことに慣れてるの。特にお母さんがね」

「余計なこと言わないの！　――あ、ケータイが。失礼」

爽香は台所へ立って行ってケータイに出た。

「あやめちゃん、どうしたの？」

「今日来た郵便物の中に、差出人のないのがあったんです。後回しにして、今開けたんですけど」

「何か手紙が？」

「あの村山からです。ひどい字ですけど、読んでびっくりして……」

「何て言って来たの？」

「それが、あの殺人現場のアパートに来てくれ、と。何もかも本当のことを話す、って書いてあります」

「どうしたのかしら？」

「私を刺そうとした、例の動画の件で、市長から散々怒られたらしいです。そのことは笠原君も市役所の人間から聞いたそうで」

「じゃ、話を聞いてみましょ」

「それが、24日の夜中の12時って言って来てるんです」

「待ってよ。――24日って、今日じゃない？」

「そうなんです。これを投函するのが遅かったのか、いくら何でも今から夜中に」

「すぐ車で出れば間に合うかしら」

それを聞いて、明男が、

「今、車がないぞ」

と言った。

「そうか！　あやめちゃん、うちの車、修理に出してるの。ちょっと無理ね。あの奥さんにでも連絡できれば……」

そのとき、日下が、

「あの……」

と、口を挟んだ。「私、車で来ています。もしよろしければ使っていただいても」

「いや、そんなわけには――」

と、明男が言いかけたが、「命を助けていただいたも同然です。そのご恩を思えば」

日下の言葉に、爽香と明男は顔を見合せた。

「あやめちゃん、車の都合がついたわ。そっちも出てくれる？」

「分りました！　直接向かいます」

爽香を迎えに来ていたら時間がかかる。

あやめはそう言ってから、

「村山は、あの事件の凶器を持ってると書いてます。それを持って行くと。それと、気になることが一つ」

「それって、何？」


「馬力がありますね。スピードも出る」

ハンドルを握った明男が言った。

「知人からの預かりものなんです。私は４ＷＤの車なんて、運転したこともなくて。旅行に出る知人が、乗らないでいるより、誰かに動かしてほしいと言って……」

後部座席の日下が言った。

「明男、車に傷つけないでよ」

と、助手席の爽香が言った。

「心配するな」

「でも……殺人事件とは、杉原さんもずいぶん物騒なことに係っておいでで」

日下は首を振って言った。

「宝くじは当らないんですけど、その手のことには年中ぶつかっていて……」

爽香は、あやめからの電話に出て、

「たぶん、こちらが先に着くと思うわ。運転気を付けて」

と言った。「――そうね。何が待ってるのか……」

「そろそろだな……」

と、村山は呟いた。

時のたつのが遅く感じられる。いつも以上に苛立ってはいたが、今はやるべき仕事がある。

苛々しながらも、一方で熱い興奮が体を充《み》たしていた。

あのアパートが見えている。――小型車で来たのだが、あまり近くに停めると気付かれるだろう。

アパートの窓はまだ真暗だ。――まだか？　何をぐずぐずしてやがる！

そのとき――アパートのあの部屋の窓に明りが点いた。

「来たな」

端の部屋の窓に明りが見え、人影らしいものがチラついた。――村山は車を降りると、アパートへと向った。

手にさげているのは、灯油のポリ容器だった。

真下の一階の部屋の前まで来ると、村山はさすがに汗を拭いた。

「見てやがれ……。自業自得だ」

と、呻くように言いながら、ポリ容器のふたを外した。

手近な石を拾って来て、窓ガラスを叩き割ると、そこから一階の室内に灯油を注ぎ込んだ。空になった容器も中へ放り込むと、村山は大きく息をついた。

台所の引出しから持って来たマッチをポケットから取り出し、震える手で一本すった。黄色く小さな火が灯《とも》る。

それを割れた窓から投げ込んだ。

少しの間、暗いままだったので、一瞬、不安になったが——やがて炎が上り始める。

「やったぞ」

村山は、よろけるような足取りで、アパートから離れた。「これで何もかも片付くんだ！」

少し歩いて振り向くと、一階の部屋の窓ガラスが割れて炎が噴き出して来た。

「ざま見ろ！」

と、村山は叫んだ。「俺に逆らえば、こういうことになるんだ」

二階の部屋では、あの杉原って女が、あわてふためいて逃げ出そうとしてるだろう。

もう手遅れだ！——村山は乾いた笑い声を上げた。そのとき——。

車のライトが村山を照らした。村山はライトをまともに浴びて、目がくらんだ。

車が停ると、降りて来たのは――。

「何をしたの！」

と叫んだのは杉原という女だった。

村山は目を疑った。何だ、これは？

「火をつけるなんて！」

と、爽香は言った。「どういうつもり？」

村山は愕然として、

「どうして――どうしてお前がここにいるんだ！」

「何ですって？」

「お前はあの二階にいるはずだ」

「焼き殺すつもりだったの？　何てことを！」

「しかし――明りが点いて……」

「おい、爽香」

と、明男が言った。「二階の窓に明りが見えるぞ！」

そのとき、もう一台車が突っ込むように走って来て停ると、あやめが降りて来た。

「村山さん、あなたの手紙には、『夜中の12時に』ここへ来いとあった」

と、爽香が言った。

「違う！　俺は『11時に』と書いた」

と、村山が言うと、あやめが、

「気になったんです。手紙の『12時』の『2』が、『1』の字を無理に『2』に変えてあったから」

「何だと？」

「誰かが書き直したんですよ。そして11時にここへ来た」

村山はそれを聞いて、サッと青ざめると、よろけた。爽香が言った。

「奥様ですね」

「幸子！　――幸子があそこに？」

村山が目を向けたアパートは、一階の窓から噴き上った炎が、すでに二階の窓を粉々にする音を響かせていた。

「アパートの入口は？」

と、明男が言った。

「向うの端よ。でも――」

「もう、とても無理ですよ」

と、あやめが言った。「隣の部屋にも広がってる。二階まで上るのも、たぶん……」

村山が、うわごとのように、

「どうしてだ……。どうしたっていうんだ……」

と呟いて、その場に座り込んでしまった。

そのとき――みんながびっくりして振り向いた。突然、「ワーッ！」という叫び声が上ったのである。

明男が驚いて、

「日下さん、どうしたんですか？」

「僕は……僕は……」

と、日下は燃えるアパートを大きく見開いた目で見つめていたが、「杉原さん！　彼女に――」

「え？」

「彼女に――言って下さい！　好きだったと！」

そう言うと、日下は乗って来た車へ飛び込むように乗り込んでエンジンをかけた。

「日下さん！　何するんだ！」

と、明男は叫んだが、聞こえるはずはなかった。

日下は車を動かしてハンドルを切ると、アパートへと向けた。そして――エンジンが唸りを上げて、突進した。

啞然として見守る爽香たちの前で、４ＷＤの頑強な車体は、安アパートの古びて、しかも燃えている壁を突き破って、部屋の奥へと突き進んだ。

その車体の上に、天井が、そして二階の床が落ちて来た。明男は、爽香へ、

「ここにいろ！」

と怒鳴ると、アパートに向って駆け出した。

「明男！」

爽香も、そしてあやめも続いた。

車の上にかぶさった二階の床から、何かが落ちて来た。煤にまみれた体だ。

明男は崩れた壁の中へ飛び込むと、その体を抱え上げ、外へ駆け出して来た。

「私が！」

あやめが受け取る。明男は車の方を振り返った。運転席のドアが開いて、日下が転るように落ちて来た。

明男はもう一度、部屋の中へと飛び込んで行った。


バタバタと駆けている看護師の足音。それが右へ左へ、くたびれ切って長椅子に座っている爽香の前を何度も通り過ぎた。

「——おい」

「明男！　どう？」

「大丈夫だ。大したことない」

腕に包帯が一杯に巻かれていた。「軽い火傷だ。あの車の勢いと、一階の床がもう燃え尽きかけてたから、うまく助け出せた」

「でも——髪がこげてる」

と、爽香は明男の頭をこすってやった。

「よせ。禿《は》げちまう」

二人はちょっと笑った。

「——助かるかしら」

「二人ともな。しかし……俺も呆れたぞ。世の中に、爽香に負けない無茶をする奴がいるって分ってな」

「本当だね。何だか……およそヒーローって感じじゃない人なのに」

救急車を待つより早い、とあやめの車で、村山幸子と日下を運んで来た。爽香は笠原に電話して、病院の場所を訊き、同時に緊急に対処できるよう準備しておいてくれと伝えてもらった。

あやめがやって来た。

「笠原君から、警察が村山を逮捕したと。あそこにぼんやり座ったままだったそうですよ。アパートは全焼です」

「とんでもないことになったわね。でも、これで村山が話してくれるかもしれない、本当のことを」

と、爽香は言った。

「全国ネットのニュースが流してます。もみ消すわけにはいきませんよ」

「おい」

明男が爽香をつつく。

廊下を看護師が足早にやって来るのが目に入った。

23 筋書

「私の名前は、小川智子です」

と、彼女は言った。「二十三歳です」

「今は……」

「服役中です」

「その殺人のことです」

と、爽香は言った。「あなたが馬渕勇一郎さんを殺したんですか？」

「いいえ」

と、智子は首を振って、「私はやっていません」

「でも、自白したと聞いています。どうしてやってもいないことを――」

「私のせいだったからです。何もかも」

と、智子は言った。

「それは……」

「私は勤め先の〈M文具〉で、社長の馬渕さんと会いました。まさか……。まさか、私みたいな、可愛くもない女事務員に、馬渕さんが目をとめるなんて、思いもよらないことでした」

と、智子は淡々と言った。「馬渕さんには睦子さんという奥さんもおありです。私は、そんな人の道に外れるようなお付合いはできませんと、何度も申し上げ、拒みました。でも……相手は社長で、何でも思うままにできる人です。それに……」

「それに？」

「私の母は、妻子のある方とお付合いして私を産んだんです」

「ええ、そうね」

「私はずっとそのことで、自分を『罪の子』だと責め続けていました」

智子は小さく首を振って、「母には悪いのですが、そう思っていたんです」

「分ります」

と、爽香は言った。

ここは刑務所の中ではあるが、面会室ではない。所長室に付属した応接室だった。

爽香は、久保坂あやめと一緒に、小川智子と会っていた。

「――馬渕さんは決して力ずくで私をどうこうしようとはしませんでした。でも、何度も言い寄られている内に、私、思ったんです。これは私の宿命みたいなものかもしれない、って。私が『罪の子』として生まれて来たことへの償いかもしれないと……」

「それで馬渕さんの思いに応えたわけね」

「そして、緑が生まれました。——私は母と同じことをしてるのだと分っていたけど、やっぱり我が子は可愛かった。あの子を育てることに生きがいを見付けたんです」

智子はテーブルに置かれたお茶をひと口飲むと、「アパートのお隣に、村山さんたちが越して来て、何かと私と緑のことを探ったりするように……」

「睦子さんに言われて、あなたを見張っていたんでしょうね」

「それは分っていましたけど、あの奥さんは何かと親切にもしてくれて……。でも、あの恐ろしい日が……」

智子は思い出すだけでも血の気がひく様子だったが、「後になって考えると、きっかけは馬渕さんが私と緑のことで、『この先のことをちゃんとする』と言ってくれたことだったと思います」

と、しっかりした口調で言った。

「それは緑ちゃんを認知するということ？」

「たぶん、そのつもりだったと……。夜、馬渕さんを待っていると、お隣で大きな叫び声がして、びっくりして行ってみると、馬渕さんが刺されて……。睦子さんは私を見るなり、『あんたのせいよ！　あんたのせいでこんなことになったのよ！』と、叫びました。私は、血まみれで倒れている馬渕さんを見て、恐ろしさに震えました。私のせい、と言われればその通りだと思って、睦子さんに詫びました。――睦子さんは、私が馬渕さんを刺したことにして、罪を引き受けるなら許してやる、と言って、『子供のことはちゃんとみてあげる』と……。そのとき、もう村山の奥さんが緑を連れ出していたんです。あの子がどうなるかと恐ろしくて、睦子さんの言う通りにすると誓いました……」

「それで、警察に、自分がやったと言ったんですね」

「はい。――後になって、嘘をついたことは悔みましたが、私が悪かったんだという気持で、罪を認めたんです」

と、顔を伏せる。

「でも、それは間違いだったわ。睦子さんはご主人が離婚を考えているのを知って、財産を失うのを恐れたのよ」

「服役してから、色々話も聞きました。でも、一旦認めてしまったものは、もう変えようもなくて」

そう言って、智子の表情に怒りが浮んだ。

「緑のことを、ちゃんとみていてくれるのか、知らせてくれることになっていましたが、一向に連絡もなくて、それが一番辛いことでした。今どうしているのか……」

「大丈夫ですよ」

と、あやめが言った。「施設に入れられていましたが、元気です」

「本当ですか！」

智子が勢い込んで訊く。

「ちょっと待って下さいね」

あやめが応接室を出て行くと――すぐに戻って来た。よく太った子を抱いて。

「緑ちゃん！」

智子が飛び立つように駆けつけて、我が子をしっかりと両腕に抱いた。

「――真相が明らかになっているわ」

と、爽香が言った。「村山がすべてを自供して、睦子は否定したけど、村山は馬渕さんを刺した刃物を、捨てずに持っていたの。それを調べて、睦子の指紋も見付かったので、犯行を認めたわ」

「じゃあ……」

「大丈夫。まだ少し時間はかかるでしょうけど、あなたは自由の身になる」

「――ありがとうございます！」

智子は涙ぐんで、「あの――母に伝えて下さい。『あなたの孫を連れて行く』と」

「ご自分で伝えて」

爽香はケータイを取り出して、発信した。

「村山の奥さんの具合はどうだって？」

と、明男が訊いた。

「命は取り止めたけど、まだ意識は戻らないそうよ」

と、爽香は言った。「村山が自分のせいだと泣いてるって」

「事実だからな。――それで、あの無鉄砲な男の方は？」

「日下さんね」

と、爽香は苦笑して、「淡々と話してくれたわ。『愛されるはずがないと分っていたのに、つい、そんなことがあり得るのかもしれない、と思ってしまいました』って」

「だけど、本当は彼女の弟のために利用されただけだったわけだ」

「そう知って、どこかで自分の命を捨てようと思ってたのね。そのとき、火に包まれたアパートを目にして、自分でもよく分らない内に、車に飛び乗ってしまった……」

――夜、少し遅い時刻だったが、明日は日曜日だ。

爽香と明男は、ソファに身を寄せ合って座っていた。

「愛の力は偉大だわ。ねえ？」

爽香はそう言って明男にキスした。

「ちょっと火傷したぜ、こっちも」

「恋の火遊びで火傷するよりいいでしょ」

と、爽香は言った。「そういえば、日下さん、気にしてたわ」


「いや、車のことがね……」

と、病院のベッドで日下が言った。「預かった4WD、もう使いものになりませんね」

「あちこち、へこんで傷ついて、焼けこげてますからね」

「ローンにしてもらって払いますよ」

と、日下はため息をついた。「高いんだよな、あの車……」

「ご心配なく」

と、爽香は言った。「殺人事件の真相が分って、〈K生命〉の会長の小手長さんが、事情をお話ししたら、喜んであれと同じ車を買って下さることになりました」

「本当ですか？　――助かった！」

日下が笑みを浮かべた。すると、

「助かったのね！　良かった」

と、声がした。

「あ……。玲美さん……」

水科玲美が立っていたのだ。

「私はこれで」

と言って、爽香は病室を出た。

背後で、

「卓君は気の毒だったね……」

という日下の声がして、その後に、玲美の泣くのが、かすかに聞こえたようだった……。


「おい、内田！」

大欠伸しているところを呼ばれて、内田刑事はあわてて返事をしようとして、むせ返った。

「――すみません！　――何ですか？」

やっと咳がおさまって、課長の席へ。その表情から、あまりいい話ではなさそうだと思ったので、わざと軽い口調になって、

「何かありましたか、課長？」

「お前、矢川明也って若僧に、証人の住所を教えたのか」

「ああ、そのことですか」

と、内田は肩をすくめて、「別に害はないと思って。それに証人といっても――」

「分ってる。杉原明男さんには前科がある」

「それも殺人罪ですよ！」

「だからって、わざわざ勤め先の学校にまで行って話すのか？　学校側はちゃんと承知で雇ってるんだ」

「そう聞きましたが……。だけど、スクールバスの運転手をさせるなんて！　何かあったらどうするんだって……」

「杉原さん夫婦はな、これまで何度も警察に協力してくれてるんだ。矢川って若いのによく言っとけ。迷惑かけたら、ただじゃすまんとな」

「でも――」

「何か言うことがあるのか！」

と、にらまれて、内田は渋々、

「分りました」

と、小さく肯いて席へ戻った。

畜生！　殺しなんかやった奴は、また何かやらかすんだ！

内田は課長が出かけるのを見ると、ちょっと迷ってから席を立って外出した。

「――日下君」

と、玲美は包帯を一杯に巻かれた日下の腕にそっと触れながら、「私のこと、怒ってないの？」

「玲美さん……。僕はほんのひとときでも、君に愛されてると思って幸福だった。それで充分だよ」

「あなたって……」

玲美は言葉がなかった。「——あ、ごめんなさい」

玲美のケータイが鳴ったのだ。急いで廊下へ出ると、

「——〈N自動車〉の長尾です」

デザイン部で、卓と仕事をしていた人だ。

「どうも。あの……」

「聞きました。弟さんのこと。残念です」

「そうおっしゃっていただけると……」

玲美は胸が熱くなった。「長尾さんのお言葉を弟に伝えたら、とても喜んでいました。退院したら、お礼に行くと言っていたのですけど……」

「ああいう若い才能を、頭の古い連中が潰してしまってはいけないのですがね」

と、長尾は言った。「水科君の係った新車が形になりました。私も、もう仕事は終って、あんまり目立たない車の部署に回されることになりました。それで、ちょっとお話

したいことが」

「はあ。何でしょうか？」

と、玲美は訊いた。


「バイバイ」

と、スクールバスを降りて手を振る子供たちに、明男は手を振り返して、

「バイバイ。また明日！」

と、笑顔で言った。

「ありがとうございました」

お迎えに来ている母親が、明男に会釈する。

若い母親たちだ。明男に、子供より派手に手を振る母親もいる。

四人、まとまって降りる地点なので、スクールバスが見えなくなると、

「ちょっとお茶して行かない？」

子供のお迎えはいい口実になるのだ。

「じゃ、いつものクッキーのお店？」

「いいわね。ちょうど一箱、買って帰りたかったの」

子供の手を引いて歩き出すと、

「失礼ですが——」

と、声をかけて来た男がいる。

「何か？」

「私、こういう者ですが」

と、警察手帳を見せる。「今のスクールバス、毎日お使いですか？」

「ええ、もちろん」

「ご存じですかね。あのスクールバスのドライバーの杉原という男のこと」

と、内田刑事は言った。

「ええ、毎日お世話になってますけど」

「何か問題はありませんか？　まあ、どんなことでもいいんですが」

「別に何も……。杉原さんが何か？」

「ご承知かどうか、彼は以前付合っていた女性を殺して刑務所に入ってたんです」

「あら……。そんなことが？」

母親たちは顔を見合せた。

「もちろん、刑期をつとめ上げてはいるんですが。しかしですね、私のように、大勢の犯罪者を見て来た経験から言うと、そういう男は、何かきっかけがあると、また——。いやいや、ご心配をかけるだけですね、こんなお話をしても。失礼しました」

内田は歩き出した。——背後では母親たちが、声をひそめて話している様子だった。

これで、今の話は学校の母親たちの間に、たちまち広まるだろう。

「警察をなめるな」

と、内田はニヤリと笑って、呟いた。

24 疾走

病院の屋上が、風の渡る庭園になっている。

小川久子は、ゆっくりした足取りで、その庭園の遊歩道を歩いていた。ガウンをはおって、杖も持っていたが、できるだけ使わないようにしている。

大分体力も戻って、内視鏡を使った手術で体調はほぼ健康体になっていた。

「いつまでも入院してるわけにも……」

と、久子は花の香りをかぎながら呟いた。費用は小手長が持ってくれている。

本当はそこまで小手長に甘えてはいけないと思っているのだが、そう言うと、

「私はもう先が短いんだ」

と、顔をしかめて、「年寄りには好きなことをさせてくれ」

そう言われては逆らえない。――足音がして、

「お母さん」

信じられない思いで、久子は振り返った。

「智子……」

智子が、女の子の手を引いて、立っている。そして少し離れて、河村布子がスーツ姿で立っていた。

「心配かけて――」

と、智子は言いかけたが、こみ上げる涙で言葉にならなくなってしまった。

「お帰り、智子」

久子は娘を抱いて、孫の頭に手を置いた。「――こんな日が来るなんて！」

久子は布子の方へ向いて、

「感謝の言葉がありませんよ」

と言った。

「それは爽香さんに言って下さい。いずれ、ご報告に来るでしょうけど」

「本当に命がけだったとか……。そんな人がいるのね」

布子は、ちょっと咳払いして、

「小川先生。一つお願いが」

「私に？」

「〈M女子学院〉の校長としてのお願いです。私の学校の保健室で、先生を必要としています」

「まあ……。今から？　でも――」

「六十四歳は、今なら若いです。ぜひお願いします！」

久子は困ったように、

「お断りするわけにはいかないようね……」

と言って、微笑んだ。


爽香は、たまりにたまった仕事を、せっせと片付けていた。小手長が「お礼に食事を」と誘ってくれていたが、時間がない。

――あの市長の望月は辞職した。小川智子の潔白が、TVや週刊誌でも報道され、事件の真相が明らかになった。

事実の隠蔽には望月市長も係っていたと見られ、辞職したものの、捜査対象になることは避けられないと思われた。

あやめと二人で残業していた爽香のケータイに、明男からかかって来た。

「――明男？　今夜もちょっと遅くなりそう。――え？　何かあったの？」

「いや、今日お迎えに来た母親から手紙を渡されてさ」

内田刑事が母親たちに話して行ったと聞いて、爽香と、一緒に聞いていたあやめも怒った。あやめが、

「あの刑事、訴えてやりましょう！」

「待ってくれ。それが、手紙を読んでみたら……。『その後、みんなで話していたのですが、前から杉原さんには、どこかかげがあって、ただの運転手さんじゃないと思っていたと。お話を聞いて、烈《はげ》しい情熱を内に秘めてらっしゃるんだ、と心を打たれました。私など胸が震えて、涙ぐんでしまったくらいです！　杉原さん、今度ぜひ一度私どもとお茶をお付合下さい。あなたをもっと知りたいのです』……。こんな具合でさ」

「何それ、ラブレターじゃないの」

「そこまではいかないけど……。まさかこんな手紙をもらうとはな」

「あの刑事は当て外れね」

「母親たちが連名で、署長あてに抗議のメールを出したって。署長からは即座にお詫びのメールが返って来たそうだよ。内田刑事については、厳しい処分をする、とあったって」

爽香とあやめは顔を見合せて微笑んだ。

「チーフ、今日は早く帰って下さい。旦那様を一人にしとくと、お母さんたちに狙われますよ」

と、あやめはいたずらっぽく言って、ウインクした。

「長尾さん」

と、水科玲美は声をかけた。

「ああ、どうも」

長尾が、高速道路を見下ろす土手の道に停めた車から降りて来た。

「お知らせいただいて、ありがとうございました」

と、玲美は言った。

「そろそろですね」

と、長尾が腕時計を見た。

早朝のひんやりとした空気に包まれて、玲美は土手から高速道路を見下ろした。

「きれいですね」

と、斜面を覆う向日葵《ひまわり》の群れを眺めて言う。

早朝の露に濡れた向日葵は朝の光を受けてキラキラと輝いている。

夜を走り通しただろう、大型トラックがゴーッという音をたてながら走って行く。

「——弟さんが言ってたことがあります」

と、長尾が言った。「もちろん、最先端を行く、思い切りカッコイイ車をデザインしたいけど、その後で、あんな長距離トラックみたいな、人の生活に役立つような車のデザインを手がけてみたい、と。『実用的で美しいってのが最高ですよね』って言って笑ってました。『夢だけは大きく見たいですから』って、少し照れたように……」

「――そうですか」

一時の怒りに任せて、道を踏み外した卓。それにつけ込んで〈N自動車〉に金を出させようと企んだ悪い仲間たちがいなければ、卓が命を落とすことはなかっただろう。

悔んでも、もう卓は帰って来ない……。

夢を果すことは、もうできない。

「――来ましたよ」

と、長尾が言った。

玲美は、手にしたスマホに、卓の写真を出すと、高速道路へと向けた。

地味な色だが、流れるようなデザインの車体が、めざましいスピードで走って来る。

――卓。あんたが働いて、懸命に部品のデザインをした車が、走ってるよ。――見て。

その車は、まだほとんど車の通っていない高速道路を一瞬の内に駆け抜けて行った。

爽香は、病院の特別病棟の受付に、秘書の武田順子の姿を見付けて、急いで歩み寄った。

「武田さん」

「あ、杉原さん」

小手長悠一の秘書、武田順子は手続を終えると、「すみません、わざわざ」

「いいえ。小手長さんが急な入院と伺って、びっくりして」

と、爽香は言った。「具合はいかがですか？」

武田順子はそれには答えず、

「どうぞ、こちらへ」

と、先に立って、静かな廊下を進んで行った。

「――会長」

と、秘書は病室の戸を細く開けて、「杉原様がお見舞に」

と、声をかけた。

「入ってもらってくれ」

と、返事があった。

「よろしいんですか？　失礼します」

と、爽香は病室の中に入って行った。

ちょっと面食らうほど広い病室の、来客用のソファに、ガウンをはおった小手長が座っていた。

「来てくれたのか。ありがとう」

「はあ……。びっくりしました。急にお具合が……」

「すまんすまん。ちゃんと言っておけば良かったんだが」

爽香は、前に会ったときよりずいぶん血色が良くなり、生気を感じさせる小手長を見て、戸惑いながらソファにかけると、

「あの……とてもお元気そうに拝見しますけど」

と言った。

「うん、実はもう長生きしたくないと思っていたんだ。やりたいことはすべてやったし、とね。しかし、何と小川久子と再会して、しかも自分の娘に出会った。孫にまで。――すっかり気が変った。もっと長生きしたくなったんだ」

「はあ……」

「ここの病院長は古い友人でな。検査を受けるから、悪いところを治療してくれ、と言ったんだ。少々辛い検査や治療も我慢するから、もっと長生きさせてくれと頼んだ」

「なるほど」

爽香はつい笑顔になって、「その前向きのお気持こそ、一番の治療ではありませんか?」

と言った。

小手長も笑って、

「病院長も同じことを言っとったよ。しかし、薬や手術の助けもいる。それで急いで入

院したわけだ」

「そう伺って安心しました」

と、爽香は寛《くつろ》いで座り直すと、「これでいつもの仕事に戻れます」

「いや、全く君には迷惑をかけてしまったな」

「そんなことは……。これからも〈G興産〉をよろしく」

と、爽香は言った。


「叶さん」

と、なごみが声をかけると、ウトウトしていた占い師は目を開けて、

「あら。――よくここが分ったわね」

「金曜日の夜はたいていこちらだと伺ってましたから」

少しさびれた商店街。――この光景が、叶ミチにはよく似合った。

「これから暑くなると、表は辛いからね」

と、叶ミチは言った。

「お疲れ様です。――この間撮らせていただいたポートレートを」

と、なごみがプリントした写真を差し出した。

「まあ、どうも。――何だか、おとぎ話の魔女ね」

「少しは魔女らしい方が」

「そうね。――この間の話の……」

「危い目にあう人ですね。大丈夫です。無事今回も乗り切りました」

「それは良かったわね」

「せっかくですから、また手相を見ていただけます？」

「幸せ一杯に見えるけどね」

と、叶ミチは、なごみの手を取って、じっと見ていたが――。

表情が曇った。

「何かありましたか」

「そうね……。間違いだといいけど」

「また、爽香さんに危険が？」

「いいえ、そうじゃない。もっと若い人だね。どんなことか分らないけど……」

「用心しますわ」

「そうね。私もこのところ、よく外れるの。もうそろそろ引退かね」

と、叶ミチはため息をついた。


「ね、この曲」

と、一緒に楽譜を探していた女の子が言った。

「どれ？」

瞳はその子の手元を覗き込んで、「ああ、それなら私、持ってる」

と言った。

「何だ。――でも、買って行こうかな。瞳は何か買う？」

「私は……今日はやめとく。珍しい曲は、どうせオーダーしないとね」

声楽の楽譜は、あまり店にない。もちろんそれでも棚を眺めていると、思いがけない曲を見付けることもある。

「じゃ、これ買おう」

同じ教師についている女子学生、石川美沙子《いしかわみさこ》は、ソプラノの瞳と違って、メゾソプラノである。

「バッグ、持ってくれる？」

「うん、いいよ」

瞳は、友人のバッグを預かって肩にかけた。

すると、

「あれ、三ツ橋愛じゃない？」

という言葉が耳に入って、瞳はハッとした。

「本当？　どこに？」

「今、チラッと……。見えなくなっちゃったけど」

高校生らしい女の子同士。——本当に愛だったのだろうか？

瞳は店の中を見渡した。

棚に隠れて、客の姿はあまり見えない。

「支払い、カードで」

と、美沙子が言っている。

瞳は、何となく不安になった。もし、ここに三ツ橋愛がいたとしたら、瞳を捜してのことかもしれない。

「ごめん、瞳」

「いいよ。出よう」

瞳は、美沙子と並んで店を出ながら、肩から美沙子のバッグを外した。

「何よ！」

という叫び声がして、振り向くと、三ツ橋愛が駆けて来た。手に何か光るもの——。

しかし、愛は瞳でなく、美沙子へとぶつかって行った。同時に、瞳と目が合った。

「——違った！」

と甲高い声で言うと、愛は駆け出して行った。

「美沙子！」

瞳は美沙子が背中から血を流して足下に崩れ落ちるのを、愕然として見つめた。

「美沙子！」

瞳は美沙子の体を抱き上げると、「救急車を！　救急車を呼んで！」

と叫んだ。

解説

山前《やままえ》　譲《ゆずる》
（推理小説研究家）

人間の一生で「生」と「死」は一度だけしかない出来事でしょう。「死」と判断されたのに生き返ったという不思議なことが報じられるのも珍しくはありませんが、それは仮死状態だったと理解できます。しかし、イギリスの諜報機関ＭＩ６の一員であるジェームズ・ボンドは二度死んでいる！

――これはもちろんフィクションの世界です。一九五三年の『カジノ・ロワイヤル』でスタートしたイアン・フレミングの００７シリーズは全世界で大ヒットしましたが、そのシリーズの一作、一九六四年に刊行された長編の邦訳のタイトルが『００７は二度死ぬ』でした（正確に言えば最初に刊行された時は『００７号は二度死ぬ』）。そして舞台はなんと日本なのです。

一九六七年にはそれを原作とする映画が公開されていますが、ほぼ全編、日本で撮影されました。これが日本？　なんて日本人なら思ってしまうシーンも多々ありますが、あのジェームズ・ボンドが日本で活躍しているのは痛快です。

そして杉原爽香《すぎはらさやか》は——さすがに二度は死んでいませんが、二度、同じ歳の誕生日を経験するような事態になったことがあります。この『向日葵色《ひまわりいろ》のフリーウェイ』は彼女の五十歳の夏の事件なのですが、前作の『セピア色の回想録』で、これぞまさにフライングというべきでしょう。五十歳の誕生日を迎えてしまいそうになったことは、シリーズの愛読者なら覚えているに違いありません。大女優の栗崎英子《くりさきひでこ》が四十九歳の誕生日が迫っている爽香になんと、「切りがいいじゃない。五十のお祝いをしましょう」と言いだしたからです。

自分が来年まで生きているかどうか分からないので、一つさばを読んで〈人生、半世紀のお祝い〉を、と言うのでした。いつも何かとお世話になっている英子の申し出を断ることのできない爽香です。ただ、さすがに年齢をごまかすことはできません。物語のラスト、そのパーティで英子は「今日は杉原爽香さんの五十歳マイナス一歳のお祝いの会を開くことになりました」と、年齢を正しく〈開会の挨拶〉で述べるのでした。

そして時は流れ、この『向日葵色のフリーウェイ』は正真正銘の五十歳の誕生日を迎えたあとの事件です。そして冒頭で爽香は「死」に直面するのでした。日本画壇の重鎮である堀口豊《ほりぐちゆたか》が亡くなったからです。なんと百歳でした。妻は爽香の有能な部下の久《く》保坂《ぼさか》あやめです。

堀口があやめと結婚したのは九十一歳の時でした。妻とは六十歳も違っていました（『肌色のポートレート』）。葬儀では、爽香の恩師である河村布子《かわむらきぬこ》の娘で世界的なヴァイオリニストの爽子《さわこ》が、オーストリア出身のフリッツ・クライスラーの有名な愛の三部作のなかから、〈愛の哀《かな》しみ〉と〈愛の歓《よろこ》び〉を堀口に捧げています。爽香絡みのイベントに登場する爽子の活躍もこのシリーズの楽しみとなっています。

しかし、爽香には悲しみに打ちひしがれている時間はありません。事件が待っているのです。といってもいつものように、彼女がトラブルに自ら飛び込んでいくのではなく、さまざまな相談を受けてしまうからなのですが……。

英語では「ディケイド」という十年ごとの区切り、すなわち「十年紀」に絡めてよく物事が語られます。よく見かけるのはミュージシャンの「デビュー〇十周年」でしょうか。これは日本でもお馴染みです。

そして中国では孔子《こうし》が『論語』で、年齢の区切りとして、三十歳で而立《じりつ》、四十歳で不惑《ふわく》、五十歳で知命《ちめい》、六十歳で耳順《じじゅん》、七十歳で従心《じゅうしん》としていました。暦のベースにある太陽や地球の運行が人間の運命を意識しているはずはないのですが、なにかしら「十」という区切りを意識してしまうのが人間のようです。

では、杉原爽香のディケイドは？　第一作の『若草色のポシェット』ではもう十五歳でした。ですからそれ以前のことは分からなかったのですが、十歳の春のエピソードとして短編の「赤いランドセル」がのちに書かれています（『えんじ色のカーテン』収録）。

二十歳の時（『緋色のペンダント』）、爽香は大学生でした。その大学内での怪しい人間関係、同級生で恋人の明男《あきお》との気まずいデート、友人の浜田今日子《はまだきょうこ》をめぐるトラブル、そして爽香に迫る魔手……。二十歳といえば成人式ですが、家族にもいろいろ問題があってそれを祝うような雰囲気ではありませんでした。

三十歳の時はすでに明男と結婚していた爽香です（『茜色のプロムナード』）。栗崎英子との出会いの場となった、高齢者向けのケアマンションの〈Pハウス〉から親会社の〈G興産〉に移り、今度は〈レインボー・プロジェクト〉と名付けられた老人ホームの立ち上げに奮闘しています。用地買収に苦労しながら、着実に計画をすすめていく彼女の姿が印象的でした。もっとも最後には銃撃戦になっているのですが。

四十歳の時は客足の落ちたショッピングモールの立直しに苦労している爽香でした（『新緑色のスクールバス』）。明男とのあいだに生まれた珠実《たまみ》は四歳です。交通事故で体を痛めた明男は、〈S学園小学校〉のスクールバスのドライバーに転職しました。すべてがうまくいっているようでしたが、そんな爽香を妬む人物の魔手が迫ってきます。河村爽子がヴァイオリンのコンクールで優勝し、堀口とあやめの関係が深まっていくところにも注目でしょう。

そして爽香は、この『向日葵色のフリーウェイ』で五十歳になりました。シリーズのなかではちょっと異色に思えるタイトルですが、これは断言してもいいでしょう。今作はシリーズ屈指のサスペンスフルな展開が楽しめるミステリーであり、彼女の名探偵としての資質が最大限に生かされた事件だと。

ひとつの流れは高校の同窓会に出席した日下《くさか》が巻き込まれたトラブルです。そこで再会した水科玲美《みずしなれみ》から頼まれた副業が、彼を危険な事件に誘《いざな》うのでした。一方、その高校でかつて保健室の先生をしていた小川久子《おがわひさこ》も苦悩していました。娘の智子《ともこ》が殺人の罪で服役していたからです。

爽香はその殺人事件を調べはじめました。そして夫の明男は思いがけず、危機迫る日下を助けるのです。「気になることは、解決したいと思います。これは私の性分ですから」とか、「私にまた……。どうして、そんなことばっかり頼られるの？」とか、彼女のシリーズならではの名言が、そこかしこにたくさんちりばめられているのも、節目となる五十歳の事件ならではでしょうか。

何があろうと事件に飛び込んでいくのはいつも通りの爽香です。複雑な人間関係と憎悪の絡み合い、そして産業スパイ的な利権と、いつも以上に悩ましい展開がラストを印象的なものにしています。そして今回は、爽香のとりわけ鋭い謎解きが楽しめるはずです。

夫を亡くしたばかりのあやめも大活躍です。あっ、忘れてはいけません。『セピア色の回想録』でみせた母親譲り（？）の珠実の名探偵ぶりは、ここでもいっそう際立っています。

　ところでちょっと気になるのは、その前作に登場したある女性です。亡き兄の長男である涼《りょう》のガールフレンドの妊娠を見抜いた彼女が、本作でもすごい存在感をみせています。はたして次作以降も登場するのでしょうか。とても気になります。

『007は二度死ぬ』の原題は、実は「You Only Live Twice」です。「死」ではなく「生」なのです。そのタイトルは、フレミングが日本へ取材に訪れた時、松尾芭蕉《まつおばしょう》の俳句に倣《なら》って詠んだ、「人は二度しか生きることがない、この世に生を享けた時、そして死に臨む時」に由来するそうです。また、英語の慣用句である「You Only Live Once」（人生は一度きり）のもじりとのことですが、一度であろうが二度であろうが、やはり本当にミステリーの人気シリーズキャラクターが死んでしまっては、読者は納得しないでしょう。

　ですから、杉原爽香の死の場面に、我々が立ち会うことはないと信じています。彼女の次のディケイドは六十歳です。そうです、還暦！　はたして爽香は堀口豊のように百歳まで生きるのでしょうか。そうだとすればなんとか見届けたいものですが……とりあえずは五十一歳の事件を楽しみにしたいと思います。

初出
「女性自身」（光文社）
二〇二二年　一一月一日号、一一月二二日号、一二月二〇日号
二〇二三年　一月三一日号、二月二一日号、三月二一日号、四月二五日号、五月三〇日号、六月二七日号、八月八日号、九月五日号、九月一九日号

光文社文庫

文庫オリジナル／長編青春ミステリー

向日葵《ひまわり》色《いろ》のフリーウェイ

著　者　赤《あか》　川《がわ》　次《じ》　郎《ろう》

2023年９月20日　初版１刷発行

発行者　三　宅　貴　久
印　刷　新　藤　慶　昌　堂
製　本　ナショナル製本

発行所　株式会社　光　文　社
〒112-8011　東京都文京区音羽1-16-6
電話（03）5395-8147　編　集　部
8116　書籍販売部
8125　業　務　部

落丁本・乱丁本は業務部にご連絡くだされば、お取替えいたします。
ISBN978-4-334-10033-9　Printed in Japan

組版　萩原印刷